KB188045

순희네 집

(주)푸른책들은 도서 판매 수익금의 일부를 초록우산 어린이재단에
기부하여 어린이들을 위한 사랑 나눔에 동참합니다.

푸른도서관 66

순희네 집

초판 1쇄 / 2014년 4월 30일   초판 4쇄 / 2015년 11월 30일

지은이/ 유순희
펴낸이/ 신형건
펴낸곳/ (주)푸른책들
등록/ 제321-2008-00155호
주소/ 서울특별시 서초구 양재천로7길 16 푸르니빌딩 (우)06754
전화/ 02-581-0334~5 팩스/ 02-582-0648
이메일/ prooni@prooni.com 홈페이지/ www.prooni.com
카페/ cafe.naver.com/prbm 블로그/ blog.naver.com/proonibook

글 ⓒ 유순희, 2014

ISBN 978-89-5798-379-9 03810

이 도서의 국립중앙도서관 출판시도서목록(CIP)은 서지정보유통지원시스템 홈페이지(http://seoji.nl.go.kr)와
국가자료공동목록시스템(http://www.nl.go.kr/kolisnet)에서 이용하실 수 있습니다.
(CIP제어번호 : CIP2014008112)

표지 그림 | 에곤 실레 作 '종탑이 있는 집'(1912)
차례 그림 | 에곤 실레 作 '열려 있는 문'(1912)
뒤표지 그림 | 에곤 실레 作 '타운 크레센트'(1914)

순희네 집

유순희 지음

푸른책들

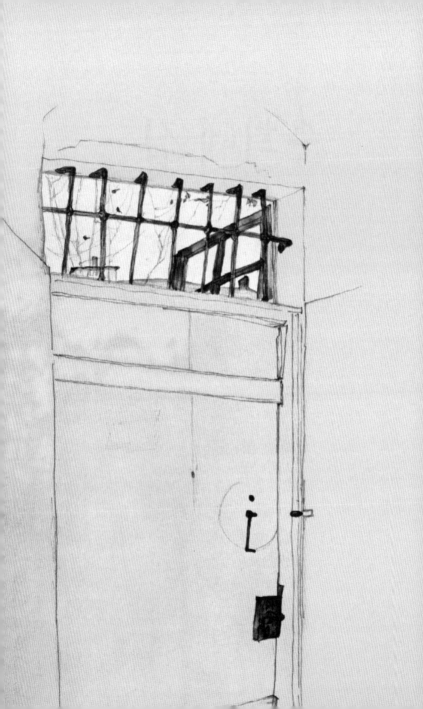

차례

집

순희네 집은 어두워요. 어둠이 가득 고여 있는 작은 상자 같아요.

대문을 열고 들어가면 수돗가가 있는 작은 마당과 마루, 안방과 작은 방이 나와요. 마당은 시멘트로 발라 놓았는데 금이 갔어요. 그 금 사이로 손톱만 한 노란 꽃이 힘겹게 피어 있어요. 마당을 지나면 마루가 나오고 마루 위로 안방과 작은 방이 붙어 있어요. 안방은 어른 셋이 누우면 꽉 찰 정도로 작아요. 작은 방은 더 작고요. 그렇게 집이 작다 보니 장롱, 텔레비전, 냉장고도 작지요.

순희는 이 작은 집에서 늙은 아버지와 살아요. 엄마는 순희가 일곱 살 때 죽었어요. 오빠와 언니들이 있지만 학교도 제대로 졸업하지 못하고 뿔뿔이 흩어졌어요. 그래도 일 년에

세 번쯤은 집으로 돌아와요. 명절 때, 아버지 생일 때 그리고 엄마 제삿날에요.

순희 아버지는 새벽부터 연장 가방을 들고 일을 나가요. 집이나 건물 벽에 흙 바르는 일을 하지요. 동네 사람들은 아버지를 '미장이 김 씨'라고 불러요. 순희는 아버지가 일을 나가면 혼자 집에서 놀아요. 동네 아이들과 놀기도 하지만 혼자 놀 때가 훨씬 많아요. 혼자 노는 방법은 여러 가지예요. 화장실에 가지 않고 마당 하수구에 앉아 오줌을 누면서 놀아요. 마당에 갈라진 실금을 따라 오줌이 흘러가는 모습을 바라보지요.

어떤 날은 햇빛 놀이를 해요. 햇빛이 마당 한가운데를 비출 때가 있어요. 햇빛은 동그란 우물 같아요. 순희는 손바닥으로 햇빛을 가리기도 하고 햇빛 위로 물을 한 바가지 붓기도 해요. 햇빛 우물은 사라지지 않아요. 환한 빛을 그대로 간직해요. 그렇게 한참 놀다 보면 빛이 약해져 있어요. 해가 저물어 가고 있는 거예요.

그러면 순희는 나무 대문을 타요. 이음새가 고장 나 대문을 밀 때마다 삐이익, 듣기 싫은 쇳소리가 나요. 그래도 순희는 나무 대문을 타요. 골목으로 올라오는 아버지를 기다리는 거예요. 순희가 기다리는 것은 아버지뿐이에요. 예전에는 엄마도 기다렸는데 어느 날 알게 되었어요. 아무리 기다려도 엄마는 오지 않는다는 것을요.

순희네 집은 서울 변두리에 있어요. 그것도 가장 가난한 사람들이 모여 산다는 산동네지요. 골목마다 집들이 거미줄처럼 다닥다닥 붙어 있어요. 너무 가난한 동네라서 그런지 동네 이름이 따로 없어요. 그냥 사람들은 'B지구'라고 불러요. 그런데 어느 날부터 B지구의 집들이 모두 철거되고 아파트가 생긴다는 소문이 돌았어요. 이웃들은 집을 팔고 어디론가 떠나기 시작했어요. 그래서 B지구의 모습도 조금씩 달라졌어요.

예전에는 저녁때가 되면 집집마다 알전구를 켜서 멀리서 보면 동네가 커다란 꽃등처럼 보였어요. 그런데 이웃들이 떠나면서 꽃등도 줄어들고 순희네 집도 어두워졌어요. 순희네 아버지는 사람들이 오지 않으면 알전구를 켜지 않았어요. 그래도 다른 집에서 새어 나오는 빛 때문에 순희네 집도 어느 정도는 빛을 품을 수 있었어요. 하지만 이웃들이 떠나고 알전구 불빛이 하나둘 꺼지면서 순희네 집도 같이 어두워진 거예요.

아버지가 어둠을 헤치고 저벅저벅 걸어오고 있어요. 순희는 나무 대문에서 내려와 아버지한테 달려갔어요. 아버지는 웃지도 그렇다고 찡그리지도 않은 채 입을 꾹 다물고 있어요. 아버지는 늘 이래요. 거의 웃지 않아요. 아버지는 엄마가 죽고 나서 말이 없어졌어요. 꼭 필요한 말만 해요. 순희는 아버지의 차가운 웃옷을 움켜쥐고 학교에서 있었던 일들을 쏟아 냈어요. 상을 받게 될지도 모른다는 말에 아버지는 조금 웃었어요. 아버지가 조금 웃을 때는 학교에서 상장과 성적표를 받아 올 때예요.

아버지는 늙어서 눈이 나빠요. 돋보기를 쓰지 않으면 상장에 있는 글씨도, 성적표에 있는 점수도 잘 볼 수 없어요. 그래서 순희는 아버지 앞에 서서 상장에 적혀 있는 글씨도 읽어 주고 성적표 점수도 말해 줘요. 수학 점수를 나쁘게 받았을 때도 좋은 점수를 받은 것처럼 거짓말을 해요. 아버지는 거짓말을 한 줄도 모르고 조금 웃어요. 웃음소리도 나지 않고 미소도 짓지 않지만 순희는 알 수 있어요. 아버지가 '조금' 웃고 있다는 것을요.

아버지는 수도꼭지를 틀어 놓고 낡은 녹색 가방에서 연장들을 꺼내 깨끗이 닦았어요. 말끔해진 연장들을 마루 위에 올려놓고는 아버지도 얼굴을 씻고 발을 닦았어요. 순희는 마루에서 수건을 들고 서 있었어요. 아버지가 세수를 다 하고 얼굴을 돌리면 기다렸다는 듯이 아버지에게 수건을 드리기 위해서예요. 아버지는 수건으로 얼굴을 닦고 부엌으로 갔어요. 아침에 끓여 놓은 된장국을 데우고 프라이팬에 갈치를 튀겼어요. 순희는 상을 닦고 숟가락과 젓가락을 올려놓은 뒤 전기밥통에 있는 밥을 퍼서 공기에 담았고요. 아버지와 순희는 아무 말도 하지 않고 저녁상을 차렸지요. 요란하게 떠드는 것은 텔레비전뿐이에요.

아버지는 텔레비전 뉴스를 보면서 저녁을 먹었어요. 저녁을 다 먹고도 계속 텔레비전을 보았어요. 텔레비전에서 떠드는 소리는 요란한데 집은 더 조용해진 것 같아요. 순희는 아버지와 자신이 그림자가 아닐까, 라는 생각을 했어요. 그림자는 움직이지만 말은 못 하잖아요.

"아부지, 심심해."

순희는 모로 누워서 뉴스를 보고 있는 아버지에게 말했어요. 아버지는 아무 말도 하지 않았어요. 아버지는 순희의 말에 잘 대꾸하지 않아요. 순희는 그것을 알면서도 푸른색 풍선을 가져와 아버지에게 내밀었어요. 아버지는 팔짱을 낀 채 여전히 뉴스만 보고 있었어요.

"아부지, 풍선 불어 줘."

순희가 계속 졸라 대자 아버지는 힘겹게 몸을 일으켰어요. 그리고는 풍선을 불어 주었어요. 풍선이 커졌어요. 순희의 마음도 조금씩 부풀었어요. 아버지와 무언가를 함께하는 게 처음이었거든요. 그런데 아버지는 풍선 주둥이를 묶어 주고는 다시 누워 버렸어요.

순희는 아비지 턱 밑에 얼굴을 들이밀며 말했어요.

"아부지, 풍선 놀이 해."

"······싫여."

아버지는 시큰둥하게 대답했어요.

순희가 풍선 놀이를 하면 재미있다고 말해도 아버지는 대답도 하지 않고 뉴스만 봤어요. 순희는 창밖을 내다봤어요. 밖은 온통 까맸어요. 아버지와 자신만 두더지처럼 땅 밑에 사는 것 같았어요. 갑자기 가슴속에서 뜨거운 것이 회오리쳤어요.

"아부지 미워······. 아부지는 왜 그렇게 늙었어! 친구들 아부지는 젊은데······. 아부지랑 놀이 공원도 같이 가고, 산에도 같이 가고, 시골에도 가고······."

아버지는 못 들은 척하고 뉴스만 봐요. 순희는 훌쩍훌쩍 울기 시작했어요.

그러자 잠자코 있던 아버지가 입을 열었어요.

"던져 봐."

순희는 눈물을 훔치고는 아버지에게 풍선을 던졌어요. 푸른색 풍선이 천장으로 힘껏 떠올랐어요. 그러자 천장도 높이 높이 올라갔어요.

"아부지, 집이 움직인다!"

순희는 신 나서 소리쳤어요. 아버지는 아무 말도 하지 않고 손등으로 풍선을 툭 쳤어요. 아버지의 시선은 여전히 텔레비전을 향해 있었지만 상관없었어요. 아버지와 처음으로 '놀이'라는 것을 하고 있으니까요. 내일 학교에 가면 아버지랑 풍선 놀이를 했다고 자랑할 거예요. 순희가 풍선을 다시 아버지에게 던졌어요. 그런데 아버지는 뉴스에 정신이 팔려 풍선은 받을 생각도 하지 않았어요.

"아부지, 풍선!"

순희는 힘껏 소리쳤어요. 그러자 아버지는 힐끔 보더니 한 손을 들어 풍선을 쳤어요. 풍선은 천장을 툭툭 치며 날아다녔어요. 풍선에 맞은 천장이 이리저리 움직이는 것 같았어요. 참 이상해요. 집은 움직이지 않는 건데 말이에요. 아버지는 손을 내저으며 "그만 하자."라고 말하더니 벽을 향해 돌아누웠어요. 그러고는 금세 코 고는 소리를 냈어요. 아버지는 가짜로 잠든 척을 하고 있는 거예요.

순희는 혼자서 풍선을 툭툭 쳤어요. 하지만 풍선은 힘을 잃고 방바닥으로 곤두박질쳤어요. 집도 더 이상 움직이지 않앗어요.

순희는 아버지의 허리를 꼭 끌어안았어요. 순희네 집은 아버지가 코 고는 소리로 가득 찼어요. 순희는 아버지의 다리 밑으로 두 다리를 넣었어요. 새둥지처럼 따뜻했어요.

다음 날 이른 새벽, 순희 아버지는 연장 가방을 메고 일하러 나갔어요. 순희는 아버지가 차려 놓은 밥을 먹고 학교에 갔어요. 순희는 학교에 갔다 와서 맞은편에 사는 재석이네로 놀러 갔어요. 그런데 재석이네 집에 들어서는 순간 깜짝 놀랐어요. 천장과 벽에 달아 놓은 꼬마전구와 은빛 금빛 줄 때문에 집에서 반짝반짝 빛이 났지요. 멋지고 화려한 옷으로 갈아입은 것 같았어요. 크리스마스가 다가와 집을 꾸민 거래요. 순희는 재석이와 잠깐 놀다가 집으로 돌아왔어요. 예전보다 집이 더 작고 초라해 보였어요.

순희는 집을 천천히 둘러보았어요. 천장과 벽에 붙어 있는 꽃무늬 벽지는 아버지의 담배 연기 때문에 누레져 있었고 거울도 검게 그을려 얼룩덜룩했어요. 장롱도 한쪽 다리가 휘어져 삐딱하게 서 있었어요. 텔레비전, 옷걸이, 선반…… 그 어떤 것도 깨끗하거나 빛을 내는 게 없었어요. 순희는 작은 방으로 갔어요. 작은 방도 마찬가지예요. 연탄불 때문에 거뭇거뭇해진 노란 장판, 앉은뱅이책상, 작은 창문…….

'천장이랑 벽이랑 마루에…… 꼬마전구를 달면 우리 집도 근사해질 텐데!'

순희는 저도 모르게 그런 생각이 들었어요. 그때 아버지와 같이 일을 다니는 차 씨 아저씨가 문을 열고 들어왔어요.

"순희야, 이거 아버지한테 드려라."

차 씨 아저씨는 흰 봉투를 순희에게 건네주고는 나갔어요. 봉투를 열어 보니 돈이 들어 있었어요. 순간 순희는 꼬마전구가 떠올랐어요. 순희는 자기도 모르게 만 원짜리 한 장을 꺼낸 뒤 흰 봉투를 서랍 속에 넣었어요. 그러고는 시장까지 한달음에 달려갔어요. 바람은 유난히 차고 흉흉하게 불었어요. 그런데도 춥거나 무섭지 않았어요. 돈을 훔쳤다는 생각도 들지 않았어요. 집을 예쁘게 꾸미고 싶은 생각뿐이었어요. 다른 집들처럼 꼬마전구를 달아 주고 싶었어요. 그러면 순희네 집도 빛을 낼 거예요. 깊은 땅속에 묻혀 있는 것 같은 어두운 집이 밝아지겠죠. 순희는 문방구에서 꼬마전구를 샀어요. 가지각색의 반짝이 줄도 샀어요. 순희는 그것을 안고 집으로 달려왔어요.

순희는 작은 방에 꼬마전구를 달기로 했어요. 순희는 의자에 올라가 꼬마전구를 벽에 달았어요. 벽 중간중간에 못이 박혀 있어서 걸기가 편했어요. 그러고는 노랑, 파랑, 보라,

초록 등의 반짝이 줄로 꼬마전구를 감쌌어요. 이윽고 순희는 의자에서 내려왔어요. 그리고 꼬마전구를 켰어요. 꼬마전구는 오색찬란한 빛을 냈어요.

"아!"

순희는 좋아서 팔짝팔짝 뛰었어요. 누군가에게 보여 주고 싶었어요. 순희는 안방으로, 마루로, 부엌으로, 마당으로 다람쥐처럼 뱅글뱅글 돌아다녔어요. 그러나 보여 줄 사람이 아무도 없었어요. 순희는 다시 작은 방에 들어가 꼬마전구를 오랫동안 쳐다보았어요. 꼬마전구는 마법사의 눈동자처럼 노란빛, 푸른빛, 붉은빛이 어우러져 빙글빙글 돌아갔어요. 순희도 춤을 추듯 빙글빙글 돌았어요.

그때 대문 열리는 소리가 들렸어요. 아버지는 여느 때처럼 연장 가방에서 연장들을 꺼내 씻었어요. 그리고 세수를 하고 저녁을 먹었어요. 순희는 그때까지 기다렸다가 아버지한테 말했어요.

"아부지, 신기한 거 보여 줄게."

아버지는 들은 척도 하지 않았어요. 순희는 아버지의 팔을 잡아당겼어요.

"아부지, 정말 신기해. 작은 방으로 가."

"왜 그려, 갑자기?"

아버지가 이맛살을 찌푸렸어요. 순희는 아버지의 팔을 계속 잡아끌었어요. 아버지는 어쩔 수 없다는 듯이 순희를 따라 작은 방으로 갔어요. 순희는 꼬마전구를 켰어요. 꼬마전구는 어둠 속에서 다시 불빛을 내뿜었어요. 빛이 사방으로 솟구쳤어요. 그런데 아버지는 버럭 소리를 질렀어요.

"저게 뭐여!"

"깜빡이등인데……."

"저게 뭐 하는 건데?"

"크리스마스…… 크리스마스에 하는 건데……."

"크리스마스가 뭐여?"

"그건 잘 모르겠는데…… 그래도 다른 집들은 모두 크리스마스트리를 하는데…… 우리 집만 안 했어."

순희도 점점 화가 났어요. 아버지가 왜 화를 내는지 도무지 알 수 없었거든요.

"저걸 산 거여? 돈은 어디서 났어?"

"돈은……."

순희는 그제야 아버지의 돈을 훔쳤다는 사실을 깨달았어요. 순희는 서랍에서 흰 봉투를 꺼내 아버지에게 주었어요.

"차 씨 아저씨가 준 건데…… 내가 만 원 빼서…… 꼬마전구를 샀어……."

"뭐여! 허락도 받지 않고 함부로 아버지 돈에 손을 대? 내가 지금껏 도둑고양이를 키웠지!"

"그럼 어떡해! 다른 집들은 다 저렇게 했는데……. 다 예쁘게 했는데…… 크리스마스라고."

"크리스마스가 우리랑 무슨 상관이여!"

순희는 더 이상 할 말이 없었어요. 정말 크리스마스는 우리랑 무슨 상관일까요. 크리스마스가 뭐길래 가난한 산동네 집들까지 울긋불긋한 트리와 꼬마전구로 치장을 한 것일까요? 그런데도 순희는 그렇게 말하는 아버지가 답답했어요.

"아버지는 늙어서 아무것도 몰라. 난 늙은 아버지가 정말 싫어. 늙은 아버지한테 태어난 게 너무 싫어. 왜 난 이런 집에서 태어난 거야!"

순희는 바락바락 대들고 밖으로 나갔어요. 아버지는 어깨가 축 처져서 안방으로 갔고요. 그리고 벽을 향해 누웠어요.

순희네 집에서는 텔레비전 소리만 들렸어요. 마치 텔레비전만 살고 있는 것처럼요. 순희네 아버지는 팔짱을 끼고 벽만 보다가 눈을 감았지요. 바깥에 있던 순희는 추워서 집으로 돌아왔어요. 순희는 왕왕거리는 텔레비전을 끄고 아버지 옆으로 갔어요. 아버지의 코 고는 소리는 들리지 않았어요. 바깥에서 불고 있는 바람 소리만 들려왔어요. 바람은 엄마의 숨결처럼 부드럽게 불기도 하고, 저주를 퍼붓는 것처럼 사납게 불기도 했어요. 집은 그런 바람을 헤치고 홀로 바다를 여행하는 돛단배 같아요.

순희는 아버지의 등을 보았어요. 아버지는 울고 있었어요. 울음소리는 들리지 않지만 순희는 알 수 있어요. 아버지의 어깨가 아주 조금 흔들리고 있었으니까요. 새우처럼 구부러진 아버지의 등은 길 같고 그 길로 눈물이 흐르는 것 같아요.

순희네 집이 다시 움직여요. 아버지의 슬픔을 견디기 힘들었나 봐요. 슬픔은 강이 되어 흘러요. 순희네 집은 그 위를 떠다녀요. 그러다 순희가 깊이 잠들 무렵 집은 다시 제자리로 돌아와 흑진주 같은 어둠 속에서 빛나는 별을 보아요.

순희네 집도 이제는 쉴 시간이에요.

창문

    순희네 집은 창문이 두 개예요. 안방과 작은 방에 하나씩 있어요. 그런데 안방에 있는 창문 뒤에는 뒷집 담장 벽이 버티고 있어서 바깥을 볼 수 없어요. 게다가 차가운 바람이 들어오지 못하도록 비닐까지 쳐 놓았어요. 그러니 햇빛이 들지 못해 늘 어두웠어요. 바람이 불 때마다 비닐 자락이 떠는 소리가 났어요. 순희는 가만히 누워서 비닐 자락이 떠는 소리를 듣다가 스르르 잠이 들었어요. 깨어나 보니 방은 동굴처럼 컴컴해져 있었어요. 순희는 무서워서 후다닥 작은 방으로 갔어요. 작은 방은 햇볕이 잘 들어 저녁때까지도 환하거든요. 작은 방은 창문을 열면 앞집의 붉은 지붕도 보이고, 산도 보이고, 앞산 공터도 보여요. 고개만 돌리면 골목으로 누가 올라오는지도 알 수 있어요.

순희는 창밖으로 얼굴을 내밀었어요. 갑자기 골목은 이삿짐을 나르는 아저씨들 때문에 떠들썩해졌어요. 두 아저씨가 장롱을 지고 골목 끝으로 올라갔어요.

그 뒤로 키가 큰 아저씨와 키가 작고 다리를 저는 아줌마가 짐을 가지고 올라갔어요. 맨 마지막에 남자아이가 따라갔어요. 골목이 조용해지자 순희는 밖으로 나가 골목 맨 끝 집을 올려다보았어요. 그 순간 골목 끝 집의 철문이 열리더니 남자아이가 재빨리 뛰어 내려왔어요. 순식간에 그 남자아이는 순희 앞을 지나쳐 갔어요.

다음 날 학교에 가자 선생님이 새로 전학 온 아이를 소개해 주었어요. 어제 골목에서 봤던 그 남자아이였어요. 아이의 눈은 유난히 까맣고 우물 속처럼 깊어서 딴 세계에서 온 것 같았어요. 이름은 현정훈이래요.

정훈이는 금방 남자아이들과 친해졌어요. 그런데 남자아이들과 어울리더니 순희를 때리고 도망쳤어요. 나중에는 혼자서도 순희를 졸졸 따라다니며 순희 가방을 빼앗아 달아나기도 하고, 신발 속에 개구리를 집어넣고 도망치기도 했어요. 순희는 화가 나서 쫓아갔지만 정훈이가 너무 빨라서 잡을 수가 없었어요.

그러던 어느 날, 순희가 학교 끝나고 집으로 가는 길이었

어요. 정훈이는 학교 문방구 옆에 있는 화장실에 숨어 있었
어요. 화장실 위쪽에 뚫린 구멍이 있는 데까지 순희가 오기
를 기다리고 있었던 거예요. 순희가 그곳을 지나가자 정훈이
는 화장실 문을 박차고 용수철처럼 튀어나왔어요. 그리고 순
희의 등 뒤로 가서 온 힘을 다해 "악!" 하고 소리를 질렀어요.
순희는 숨이 멎을 것처럼 놀랐어요. 정훈이는 멀찍이 떨어져
서 혀를 쭉 내밀고 얼굴을 흔들었어요. 그 모습이 너무 얄미
워 돌멩이를 쥐고 냅다 던졌어요.

그런데 돌멩이는 마주 오고 있던 아저씨의 이마를 향해 날
아갔어요. 전봇대처럼 키가 큰 아저씨는 "어이쿠." 하며 뒤로
넘어졌어요. 정훈이는 재빨리 도망쳤고 순희는 꼼짝도 못하
고 떨었어요. 얼굴이 일그러진 아저씨는 손으로 이마를 짚고
일어섰어요. 이마에는 시퍼런 멍이 들어 있었어요. 아저씨는
저벅저벅 걸어와 순희의 목을 움켜쥐었어요. 그러고는 뭐라
고 윽박질렀는데 순희는 도무지 알아들을 수가 없었어요. 머
릿속에는 도망간 정훈이만 떠올랐어요.

'나쁜 새끼, 비겁한 놈, 배신자!'

순희는 그날 밤 꿈을 꾸면서도 정훈이를 욕했어요.

다음 날은 봄 소풍이라서 아버지가 싸 준 김밥과 과자를
가방에 넣고 학교 운동장으로 뛰어갔어요. 아이들은 둘씩 짝

을 지어 서 있었어요. 선생님이 순희를 보더니 앞쪽으로 오라고 손짓했어요. 순희는 앞쪽으로 갔어요. 그런데 하필이면 옆자리에 정훈이가 서 있는 거예요. 순희는 정훈이를 째려보았어요. 정훈이는 잔뜩 겁먹은 두꺼비처럼 눈만 껌뻑거렸어요. 그런데 선생님이 이렇게 말하는 거예요.

"자, 조용히 하고 짝이 된 친구랑 손잡고 관악산 제1야영지까지 간다. 손을 놓지 마라. 손을 놓는 녀석들은⋯⋯."

선생님은 싱긋 웃더니 손에 든 몽둥이를 크게 흔들어 보였어요. 다들 짝의 손을 잡았어요. 정훈이도 손을 내밀었어요. 하지만 순희는 정훈이의 손을 잡고 싶지 않았어요. 손을 잡기는커녕 정훈이를 마구 때리지 못하는 게 너무나 억울했어요. 정훈이는 어떻게 해야 할지 몰라 몸을 비틀고 신발로 흙을 뭉개고 손톱을 물어뜯었어요. 선생님은 짝이랑 손을 잘 잡았는지 보기 위해 왔다 갔다 했어요. 선생님이 가까이 오자 다급해진 정훈이는 운동장에 버려진 노란 고무줄을 주워 내밀었어요.

"이거⋯⋯."

순희는 선생님이 무서워서 엉겁결에 고무줄 끝을 잡았어요. 정훈이도 고무줄 끝을 잡았어요. 꼭 손을 잡은 것처럼 보였어요. 선생님은 언뜻 보더니 지나쳤어요. 순희는 다시

고무줄을 놓았어요. 그러자 뒤에 서 있던 철웅이가 소리쳤어
요.

"선생님! 순희가 손을 놓았대요."

순희는 얼른 고무줄을 다시 잡았어요.

"출발!"

선생님이 소리치더니 호루라기를 힘껏 불었어요. 아이들
은 참새처럼 짹짹거리듯 신 나게 이야기하며 걸었어요. 정훈
이와 순희도 고무줄을 잡고 걷기 시작했어요. 하지만 아무
말도 하지 않았어요. 순희는 고무줄을 잡았지만 정훈이가 미
워서 얼굴을 돌렸고 정훈이는 그런 순희의 눈치를 살피며 슬
며시 순희를 바라보았어요. 정훈이는 하고 싶은 말이 있는데
입이 잘 떨어지지 않는 모양이에요. 순희는 그런 정훈이의
모습을 보니까 조금씩 화가 풀리기 시작했어요.

햇볕은 점점 뜨거워졌어요. 순희도 정훈이도 이마에 땀이
맺히고 손바닥에 땀이 찼어요. 고무줄이 미끈거려 손에서 자
꾸 빠져나가려고 했어요. 정훈이는 걸음을 멈추고 땅바닥에
주저앉아 손에 흙을 문지르고 다시 고무줄을 꼭 잡았어요.
순희도 정훈이처럼 흙에 손을 문질렀어요. 정훈이는 다시 고
무줄을 잡았어요. 순희도 다시 고무줄을 잡았어요. 그때 보
니 줄은 이미 틀어져 있었고 아이들은 짝이랑 잡은 손을 놓

고 이쪽저쪽 흩어져 있었어요. 선생님도 보이지 않았고요. 그런데도 정훈이와 순희는 고무줄을 놓지 않았어요.

순희와 정훈이는 돌멩이와 자갈이 울퉁불퉁하게 깔린 오솔길로 접어들었어요. 정훈이가 왼쪽으로 움직이면 순희도 왼쪽으로 움직였어요. 순희가 돌멩이를 피해 오른쪽으로 가면 정훈이도 오른쪽으로 갔어요. 노란 고무줄을 타고 정훈이 목소리가 들려왔어요.

'미안해. 나도…… 무서웠어…….'

순희는 '그래, 그럴 수도 있었겠다.'란 생각이 들었어요. 정말정말 무섭게 생긴 아저씨였거든요. 자기라도 도망쳤을 것 같아요. 노란 고무줄이 정훈이와 순희의 마음을 시소처럼 왔다 갔다 해요.

순희와 정훈이는 소나무 숲 속으로 들어갔어요. 소나무에서 뿜어져 나오는 향기가 쌉싸래해요. 정훈이도 순희의 마음도 초조해졌어요. 조금만 더 가면 제1야영지가 나오는데 거기에 가면 손을 놓아야 해요. 거기 도착하기 전에 무슨 말이라도 하고 싶은데 말이 나오지 않는 거예요. 정훈이는 고무줄을 더 꼭 쥐었어요. 고무줄을 놓으면 다시는 말을 건네지 못할 것 같았어요. 한참을 지나 정훈이가 어렵게 입을 뗐어요.

"저어기……."

그때 호루라기 소리가 들리더니 이어서 선생님의 우렁찬 목소리가 들려왔어요.

"빨리 모여라!"

이곳저곳 흩어져 있던 아이들이 선생님 목소리가 난 곳을 향해 달리기 시작했어요. 순희와 정훈이도 더 이상 걷고 있을 수만은 없었어요. 순희가 먼저 고무줄을 놓고 뛰기 시작했어요. 그러다가 뒤를 돌아보았어요. 그런데 정훈이는 고무줄을 계속 잡고 있었어요. 우두커니 서서 말이에요. '다시 돌아갈까?' 하는 생각이 스쳤지만 고개를 저었어요. 어차피 고무줄을 놓은걸요. 순희는 뒤를 돌아보지 않고 달렸어요. 그날 이후로 순희는 정훈이를 가까이에서 본 적이 없어요. 정훈이는 키가 커서 늘 뒤에 앉았어요. 그리고 수업이 끝나면 아이들과 어디론가 사라지곤 했어요.

순희는 작은 방 창문을 열었어요. 하늘에는 구름이 오작교처럼 뻗어 있어요. 순희의 귀는 골목을 향해 열려 있어요. 정훈이가 골목으로 후닥닥 뛰어 올라오는 소리를 듣기 위해서예요. 순희는 밖으로 얼굴을 내밀고 정훈이의 발소리를 기다려요.

마루

순희네 집 마루는 나무로 만들어졌어요. 마루에는 노란색 장판이 깔려 있고요. 마루 가운데는 움푹 들어가 있어요. 동네 사람들이 지나가다가 순희네 마루에 앉았다 가기 때문이에요. 시간이 흐를수록 마루 가운데가 점점 더 들어갔어요. 그렇지만 무너질 걱정은 없어요. 마루 밑에는 마루를 지탱하는 버팀목이 있거든요.

순희는 날마다 마루에 엎드려 마루 밑을 들여다봐요.

마루 밑에는 온갖 잡동사니들이 있어요. 주로 아버지가 쓰던 오래된 연장들이에요. 밀대, 망치, 송곳, 저울, 칼, 굵은 못⋯⋯. 그뿐만이 아니에요. 플라스틱 통, 가방, 화병, 망가진 라디오, 액자도 있어요. 아버지는 갖다 버리긴 아까운 물건들을 마루 밑에 놓곤 해요. 그래서 마루 밑은 꽉 차 있어요.

어두컴컴한 마루 밑에는 잡동사니 물건들이 변함없이 제자리를 지키고 있어요. 새롭게 생기는 것은 거미줄뿐이에요. 순희는 막대기로 그 거미줄을 헤집어 버려요. 순희는 늘 물건들이 제자리에 있는 마루 밑이 좋아요. 마루 밑에는 집을 떠난 언니들과 오빠의 낡은 구두, 샌들, 운동화가 있어요.

마루 맨 끝에 있는 구두는 시집간 큰언니 거예요. 그 옆에 있는 커다란 운동화는 큰오빠 거고요. 큰오빠는 결혼한 지 얼마 안 되어 사우디아라비아로 떠났어요. 가끔 사우디아라비아에서 큰오빠에게 편지가 날아와요. 순희는 먼 나라에서 온 편지가 마냥 신기해서 읽고 또 읽었어요.

막내 순희에게

여기는 아주 뜨거운 나라란다. 아침도 뜨겁고 바람도 뜨겁단다. 어디를 둘러봐도 뜨거운 모래뿐이야. 오빠는 여기서 높은 건물을 짓고 있어. 잘 지내고 있으니 걱정하지 말아라. 부족한 것이 많겠지만 불평하지 말고 씩씩하게 살아 줬으면 좋겠다. 앞으로는 형편이 나아질 거야. 아버지 말씀 항상 잘 듣고. 오빠는 우리 막내 믿어.

먼 나라에서 큰오빠가

28

편지를 읽다 보면 저절로 그 나라의 모습이 상상돼요. 아침도 뜨겁고, 모래도 뜨겁고, 바람도 뜨거운 나라. 아마 그 나라에는 여우도 뜨겁고, 뱀도 뜨겁고, 꽃도 뜨거울지 몰라요. 그런 나라에서 땀을 흘리고 있을 오빠를 생각하니 걱정이 돼요. 오빠는 그 뜨거움을 다 견디고 무사히 돌아올 수 있을까요? 지난번에 보낸 온 사진을 보니 얼굴은 까맣게 타고 비쩍 말라서 딴 사람인 줄 알았어요. 그래서 오래도록 사진을 들여다봤어요.

한번은 편지가 아니라 그림엽서가 날아왔어요. 그림엽서 앞면엔 백설 공주와 일곱 난쟁이가 숲 속에서 이야기하는 모습이 그려져 있었어요. 엽서를 흔들면 마치 백설 공주와 일곱 난쟁이가 엽서 밖으로 튀어나올 것처럼 보였어요. 입체 영화처럼요. 어찌나 신기했던지 며칠 동안 그 엽서를 들고 다니며 아이들 앞에서 흔들고 또 흔들었어요.

"와, 진짜 신기하다!"

아이들은 탄성을 지르며 가까이에서 보려고 달려들었어요. 그러면 순희는 그림엽서를 높이 치켜들며 "우리 큰오빠가 먼 나라에서 보낸 준 거야." 하며 뽐냈어요.

큰오빠 운동화 옆에 있는 파란색 슬리퍼는 둘째 언니 거예요. 불도그를 닮은 둘째 언니는 봉제 공장 기숙사에서 지내요. 제대로 공부를 시켜 주지 않는 아버지가 미워서 집에는 들어오지 않아요. 모처럼 쉬는 날에도 둘째 언니는 큰언니 집에서 지냈어요. 가끔 순희를 마주칠 때면 외상으로 과자를 사 오라고 심부름을 시켰어요. 순희는 둘째 언니가 무섭기만 했어요. 말을 잘 들을 때도 잘 듣지 않을 때도 잔뜩 화가 나서 욕을 퍼부어 댔거든요. 화를 내지 않을 때는 엎드려서 과자를 먹으며 라디오에서 나오는 음악을 들을 때뿐이에요. 그때는 무슨 생각을 하는지 얼굴이 샛말개져요.

마루 밑 파란색 슬리퍼 뒤에 있는 빨간 구두는 셋째 언니 거예요. 언니는 아무 말도 하지 않고 집을 나갔어요. 아직까지 소식도 없어요. 순희는 허전했어요. 도란도란 이야기를 나누었던 사람은 셋째 언니뿐이었거든요. 셋째 언니는 유난히 키가 컸어요. 그래서 언니는 까치발을 하지 않고도 창밖을 쉽게 내다볼 수 있었어요. 순희는 창밖을 보고 있는 언니에게 곧잘 물었어요.

"뭐가 보여?"

"산."

"산 말고."

"지붕."

"에이, 그런 거 말고 다른 거."

"구름. 만두 같은 구름."

"치, 무슨 구름이 만두 같아?"

순희는 언니의 등을 탁탁 두드렸어요. 그러자 언니가 노래처럼 중얼거렸어요.

"나는 커서 만두 가게 할 거야."

언니는 방바닥에 벌렁 누웠어요. 두 다리를 모으고 이리 뒹굴 저리 뒹굴 하며 웃었어요. 입에 가득 사탕을 문 것처럼 볼이 부풀었어요. 만두 가게를 하는 상상을 하는 거예요. 순희도 언니 옆에 누워서 만두 가게를 상상했어요.

반달 모양의 커다란 만두에서 김이 모락모락 피어올라요. 옆에는 찐만두 통이 몇 겹씩이나 쌓여 있어요. 가족, 연인, 아이들은 만두 가게 안에 모여 앉아 만두를 먹고 있어요. 만두 가게를 하면 슬픈 일은 사라질 거예요. 만두 가게를 하면 돈을 벌 테니까 돈이 없어서 공부를 못 하는 슬픔도 사라질 거예요. 만두 가게를 하면 맛있는 만두를 늘 먹으니까 배고픔도 사라질 거예요. 만두 가게를 하면 다른 사람들에게 만두를 공짜로 줄 수 있으니까 기분도 좋아질 거예요. 그러면 만두 가게에 모여든 사람들은 모두 행복해지겠죠. 아마 그럴 거예요.

순희는 셋째 언니가 집을 나갔을 때 만두 가게를 차릴 돈을 벌기 위해 나갔다고 생각했어요. 그래서 언젠가 셋째 언니가 만두 가게 주인이 되어 돌아올 거라고 믿었어요.

순희는 다시 마루 밑을 들여다보았어요. 마루 밑에 있는 신발들을 보면 뿔뿔이 흩어져 있는 오빠와 언니들이 모두 모여들 것 같아요. 순희는 그런 날이 금방 올 것 같아서 마루 밑에 있는 신발들을 보며 웃었어요.

골목

순희네 집 골목에 여름이 찾아왔어요. 날씨가 더워지자 순희는 동네 아이들과 그늘진 골목에서 놀았어요. 방학이라 아침부터 모여 딱지치기, 고무줄놀이를 하다가 땅에 석필로 오징어 그림을 그려 놓고 편을 갈라 놀기도 했어요.

그런데 위쪽 골목에서 요란한 징소리가 들려왔어요.

"와, 굿하나 보다! 구경 가자."

아이들은 우르르 위쪽 골목으로 달려갔어요. 거기에는 무당 집이 있어요. 무당은 성희 엄마예요. 순희도 아이들을 따라 무당 집으로 갔어요. 어른들도 무당 집 앞에 꽤 모여 있었어요.

성희네 엄마는 무녀복을 입고 깃털이 달린 푸른 모자를 쓰고 버선발로 뛰고 있었어요. 그러다가 쌀가마니 위에 개구리처럼 납작 엎드려 있는 성희 아버지의 등에 올라탔어요. 머리가 하얗게 센 성희 아버지는 넓적한 바위가 된 것처럼 꿈쩍하지 않았어요. 순희는 그걸 보다가 고개를 갸우뚱거렸어요. 왜 그러는지 알 수 없었거든요.

순희는 성희 엄마의 얼굴을 쳐다보았어요. 가면을 쓴 것처럼 짙은 화장을 했어요. 눈썹도 두텁고 콧대도 두드러지게 보이도록 굵은 선도 그려 넣었어요. 뺨에는 분홍색 파우더를 듬뿍 발랐고요. 그런데 더 이상한 건 점점 다른 사람으로 변해 가는 거예요. 남자 목소리를 내면서 화를 내는가 하면, 할머니처럼 앓는 소리를 내고 몸을 숙여 빌기도 했어요.

성희가 그러는데 자기 엄마 몸속에 다른 영혼이 들어가서 그런 거래요. 성희 엄마는 성희 아버지의 등에서 내려오더니 산으로 뛰어갔어요. 신발도 신지 않고요. 남자아이들은 신나서 성희 엄마를 쫓아갔지만 어른들은 모두 집으로 돌아갔어요. 어느새 골목은 다시 조용해졌어요.

이튿날 순희는 남 씨 아저씨네 가겟집에 가다가 성희네 집 앞을 지나갔어요. 지붕 끝에는 무당 집임을 알리는 하얀 깃발이 꽂혀 있어요. 집 앞에는 성희네 아버지가 의자에 앉아 있었어요. 흰색 저고리와 연두색 조끼를 입고 있었는데 저고리 소매가 낡고 꼬질꼬질했어요. 조끼 앞섶에는 누런 호박

두 개가 달려 있었어요. 굿이 없는 날에는 언제나 그렇게 양 팔을 옆구리에 끼고 눈을 감은 채 햇볕을 쬐고 있어요. 이럴 때 성희 아버지는 화가 난 사람처럼 흰 눈썹이 곤두서 있지요.

순희는 성희 아버지가 눈을 뜰까 봐 조심조심 지나갔어요. 언뜻 보니 성희는 부엌에서 설거지를 하고 있었어요. 성희는 중학교를 다니다 그만두었는데 집안일을 도맡아 했어요. 아무도 나이 많은 성희를 언니나 누나라고 부르지 않았어요.

성희 엄마는 화장을 지우고 마루 끝에 앉아 담배를 피우고 있었어요. 하룻밤 사이에 십 년이나 늙어 버린 것 같았어요. 얼굴은 까칠까칠하고 뺨에도 부챗살처럼 주름이 퍼져 있어요. 진흙으로 빚은 인형처럼 누군가 손을 대면 금방이라도 부서질 것 같아요. 자기 몸속에 다른 영혼을 불러와 살면 금방 늙어 버리는 걸까요?

무당 집 맞은편 골목에는 철이 오빠가 나와 있었어요. 한쪽 옆구리에 목발을 짚고 대문에 의지한 채 말이에요.

철이 오빠는 혜순이의 다섯째 오빠예요. 두 살 때 고열을 앓고 소아마비에 걸렸대요. 그래서 몸을 제대로 가누지 못해요. 가만히 있어도 머리가 흔들리고 팔이 흔들려요.

혜순이 아버지는 전도사님이었어요. 그런데 혜순이가 태

어난 지 얼마 안 돼 돌아가셨어요. 자그마치 열 명이나 되는
자식들을 두고서 말이에요. 혜순이는 오빠가 다섯, 언니가
넷이나 돼요. 성희네 집에서는 날마다 북소리가 들리지만 혜
순이네 집에서는 아침마다 찬송가 소리가 들려요.

저 요단강 건너편에 화려하게 뵈는 집, 주 날 위해 예
비하신 집일세……:

혜순이네 집은 네 개의 방이 일렬로 늘어서 있어요. B지구
의 다른 집들보다는 큰 편이에요. 예전에 철이 오빠는 방에
서 나오지 않았어요. 철이 오빠는 끝방에서 이불을 뒤집어쓰
고 지냈지요. 끝방에는 작은 창문이 나 있어요. 철이 오빠는
그 작은 창문을 보며 살았어요.

순희가 철이 오빠를 처음 본 건 학교에 들어가기 전이었어
요. 이때 순희는 혜순이를 찾기 위해 이 방, 저 방 문을 열다
가 끝방 문도 열었어요. 그 방에는 이불이 산처럼 봉긋하게
솟아 있었어요. 이불이 꾸물거리더니 머리 하나가 불쑥 튀어
나오는 거예요. 얼마나 놀랐는지 몰라요.

"누…… 꾸…… 냐!"

더듬거리는 말은 성이 난 듯 거칠었어요. 순희는 침을 꼴

깍 삼켰어요. 밀가루처럼 하얀 얼굴, 당나귀 귀처럼 뾰족하게 솟은 커다란 귀 그리고 기다란 팔이 허공에서 흔들렸어요. 하얀 박쥐 같았어요. 어둡고 컴컴한 방이 그 하얀 박쥐 때문에 갑자기 환해졌어요.

"누…… 꾸…… 야?"

하얀 박쥐는 입을 열 때마다 온몸에 힘을 꾹꾹 주었어요. 순희는 간신히 대답했어요.

"순희요."

"쭌희?"

그때 혜순이가 끝방으로 왔어요. 혜순이는 순희와 하얀 박쥐를 번갈아 바라보았어요.

"오빠, 순희야. 저 맞은편 골목에 사는……."

하얀 박쥐의 팔다리는 뼈 없는 문어처럼 힘이 없어 보였어요. 순희는 혜순이의 등 뒤로 숨었어요. 다시 집으로 가고 싶었지만 겁이 나서 꼼짝할 수가 없었어요. 그때 하얀 박쥐는 소리를 질렀어요.

"놀아, 응? 나랑 놀아, 나까찌 마. 나빠!"

순희는 놀라서 혜순이 등에 바짝 붙은 채 하얀 박쥐를 보았어요. 하얀 박쥐는 갑자기 창문으로 다가갔어요. 비가 온 뒤라 날씨는 매우 맑았어요. 햇빛 한 줄기가 창문으로 들어왔어요. 하얀 박쥐는 턱을 치켜들더니 창문 주위를 뚫어지게 바라보았어요. 순희는 하얀 박쥐가 뭘 보고 있는지 궁금했어요. 그래서 조심스럽게 하얀 박쥐가 바라보는 곳을 향해 눈을 돌렸어요. 아무것도 보이지 않았어요. 그런데도 하얀 박쥐는 눈동자를 이리저리 굴리면서 창문 주위를 뚫어지게 쳐다보았어요.

순희는 창문 쪽으로 고개를 돌렸어요. 그제야 하얀 박쥐가 무엇을 보고 있는지 깨달았어요. 먼지였어요! 햇살 속에 끊임없이 치솟아 오르는 먼지를 보며 하얀 박쥐는 입술을 깨물면서 웅얼거렸어요. 마치 먼지와 대화라도 하듯이 말이에요. 순희도 하얀 박쥐처럼 먼지를 바라보았어요. 통통하게 살이라도 오른 듯 크게 보이는 먼지는 하얀 박쥐의 넓적한 이마를 향해 빠르게 달음질치다가 하얀 박쥐 주위에 퍼져 돌았어요. 하얀 박쥐는 입을 헤벌쭉 벌린 채 행복해하며 웅얼거렸어요.

"먼찌…… 새. 먼찌새를 타꼬 가면 나는 아무 데나 갈 쑤가 있쩌."

먼지새는 붕붕 옆으로 날고 위로 치솟았어요. 먼지새는 아래로 고꾸라질 듯이 내려가면서 사라지더니 다시 위로 솟구쳐 올라갔어요. 꼭 요술을 부리는 것 같았어요.

순희도 먼지를 쳐다보았어요. 어느새 몸이 오그라들어 세상에서 가장 작은 먼지새가 되어 훨훨 날아다니는 것만 같았어요. 차츰 햇살은 기울어져 가고 방 안에 어둠이 스며들었어요. 먼지새도 어둠 속에 가려 보이지 않게 되었어요. 그 뒤로 순희는 철이 오빠를 무서워하지 않게 되었어요. 순희는 다람쥐처럼 철이 오빠 방을 들락거렸어요.

그러던 어느 날부터 철이 오빠는 골목으로 나오기 시작했어요. 혜순이 엄마가 철이 오빠에게 목발을 사 주고 걷는 연습을 시켰던 거예요. 아무도 철이 오빠가 걸을 수 있을 거라고 생각하지 못했어요. 철이 오빠는 땀을 뻘뻘 흘려 가며 걷는 연습을 했어요. 그러다가 힘이 들면 대문 앞에 기대어 물처럼 흐르는 땀을 닦아 냈어요. 철이 오빠는 방에서 먼지새를 볼 때보다 더 많이 웃었어요. 자신이 먼지새가 되어 골목으로 놀러 나왔기 때문일 거예요.

벽

하늘에서 쉬지 않고 비가 내리고 있어요. 순희네 집을 덮고 있는 것은 붉은 기왓장과 거기에 잇대어 있는 물결 모양의 하늘색 플라스틱이에요. 그래서 빗방울 소리가 유난히 크고 우렁차게 들려요. 순희는 추워서 담요를 깔고 누웠어요. 벽은 흙으로 만들어서 바람이 잘 들어와요. 어찌나 바람이 차갑게 스며들던지 순희는 온몸을 공처럼 오므렸어요.

"아부지가 있었으면 연탄이라도 피웠을 텐데……."

순희는 벽을 보며 중얼거렸어요. 그러다가 심심해서 벽지를 손톱으로 찢었어요. 종종 하는 놀이예요. 벽지는 담배 연기에 찌들어 있어요. 그래도 아버지 냄새 같아서 좋아요. 빗소리는 점점 커졌어요. 빗소리에 집이 눌려서 점점 납작해지는 것 같아요.

벽지를 뜯다 보니 몸살이 난 것처럼 몸에서 열이 나고 졸렸어요. 그때 대문을 열고 누군가 들어왔어요.

"순희 있냐? 이것 좀 먹어 봐라."

맞은편 집에 살고 있는 재석이네 엄마예요. 순희는 졸린 눈을 간신히 뜨고 방문을 열고 마루로 나갔어요. 재석이네 엄마는 김치 부침개를 가지고 왔어요. 김치 부침개 냄새 때문에 졸음이 확 가셨어요. 방금 한 것이라 김이 모락모락 났어요.

재석이네 엄마는 순희에게 접시를 건네주며 물었어요.

"아버지는 어디 가셨냐? 비가 와서 일도 못 나가셨을 텐데."

"정구네 아저씨하고 나가셨어요. 아마 숙이네 집에 모여서 화투 치실 거예요."

"알았다. 그릇은 저녁에 갖다 줘라."

재석이네 엄마는 대문을 빠져나갔어요. 그래 봤자 순희네 집에서 재석이네 집은 서너 걸음밖에 안 돼요. 그래서 재석이네 엄마는 순희네 집에서 일어났던 일들을 죄다 알아요.

재석이네는 온도계를 만들어서 납품해요. 방과 쪽마루에는 온도계가 산더미처럼 쌓여 있어요. 재석이는 순희보다 한 살 아래예요. 재석이 위로 재호 오빠가 있고 고등학교에 다니는 희명 언니가 있어요. 희명 언니는 밝고 명랑해요. 그렇지만 재석이네 집에 슬픈 일이 없는 건 아니에요. 재호 오빠가 아프거든요. 재호 오빠는 종종 입에 거품을 물고 쓰러져요. 동네 사람들은 귀신 들린 병이라고 했어요. 그래서 학교도 다니지 못했지만 오빠는 착하고 순해요. 재호 오빠는 놀지도 않고 하루 종일 온도계를 만들어요.

순희는 김치 부침개를 따로 떼어서 그릇에 담아 아궁이 옆에 갖다 놓았어요. 아버지 몫이에요. 그리고 마루에 앉아 김치 부침개를 먹었어요. 재석이네 집에서 기름 지지는 소리가 들려왔어요. 그 소리만 들려오는 게 아니에요. 아줌마와 희명 언니의 웃음소리도 한꺼번에 몰려왔어요. 순희도 그 웃음소리를 따라 웃어 봤어요. 그런데 이상하죠? 웃음 같지 않아요. 웃으면 기분이 좋아지는데 오히려 열이 나고 목이 마르고 입술 끝이 자꾸 아팠어요. 순희는 그대로 쓰러져 잠이 들었어요.

잠이 깼을 때는 비가 언제 내렸냐는 듯 햇살이 내리쬐었어요. 순희는 너무나 목이 말라 수도꼭지를 틀어서 물을 마셨어요. 그런데 아무리 물을 마셔도 목이 말랐어요. 입술 끝이 말라서 검게 타 들어갔어요. 결국 입술이 터져서 피가 났어요. 손끝을 입술에 대면 살갗이 타는 것처럼 뜨겁고 아팠어요. 울지 않으려고 꾹 참아도 눈물이 제멋대로 흘렀어요. 먹은 것은 물밖에 없는데 이상하게도 배가 고프지 않았어요. 순희는 고통을 잊으려고 벽으로 몸을 돌렸어요.

아버지가 오려면 한참을 기다려야 해요. 순희는 시간을 빨리 보내려고 손톱으로 벽지를 뜯어내기 시작했어요. 노란 벽지가 뜯어진 자리에 흰 벽지가 나타났어요. 노란 벽지를 붙이기 전에 붙였던 벽지일 거예요. 손톱이 아팠어요. 그런데도 알 수 없는 힘에 이끌리듯 벽지를 뜯어냈어요.

한참이 지나자 오래되고 낡은 신문지가 보였어요. 1959년 3월 7일. 순희는 그 날짜를 보고 소스라치게 놀랐어요. 자기가 태어나기 전의 신문지를 보니 유령처럼 느껴졌어요. 한번도 생각해 보지 않았던 생각들이 풍선처럼 날아오르기 시작했지요.

'내가 태어나기 전에도 사람들이 살고 있었다……. 1959년에도 1951년에도 1930년에도……. 그런데 그 사람들은 다 어디로 갔을까? 엄마는 어디로 갔지? 혹시 이 벽을 파면 과거로 돌아갈 수 있지 않을까…….'

순희는 벽이 타임머신처럼 느껴졌어요.

순희는 아까보다 더 힘껏 벽을 후벼 팠어요.

'이 벽을 파면…… 엄마를 만날 수도 있지 않을까?'

손톱에 피가 맺혔어요. 입술보다 손톱이 더 아프기 시작했어요. 신문지가 뜯어지고 마른 흙 부스러기가 떨어졌어요. 손톱으로 아무리 흙을 파도 아무것도 나오지 않았어요.

'엄마는 어디로 갔을까? 엄마는 죽었다던데…… 죽었다는 게 뭐야. 왜 아무도 말해 주지 않아. 그냥 죽었다고 하면…… 어떡해.'

순희의 가슴이 심하게 요동쳤어요. 그러다 어느 순간 온몸에서 힘이 쭉 빠져나갔어요. 더 이상 손으로 흙을 팔 기운이 없었어요. 벽은 찻숟가락 크기만큼 파였어요.

순희는 입술 끝이 너무 아파 그대로 누워 있을 수가 없었어요. 순희는 대문 앞에 웅크리고 앉았어요. 아무도 지나가는 사람이 없었어요. 바람만이 지나갔어요. 그나마 바람이 입술에 닿으면 아픈 게 조금 가라앉았어요. 그렇지만 그것은 아주 잠깐이었어요. 눈이 점점 감기다가 앞이 희미하게 보였어요.

햇빛만이 고양이 눈처럼 골목에 도사리고 있었어요. 순희는 햇빛을 노려보았어요. 햇빛은 사람들과 집들을 모두 가두어 버린 커다란 공 같아요. 햇빛공이에요. 햇빛공은 말랑말랑한 젤리처럼 부드럽지만 절대로 찢어지거나 부서지지 않아요. 순희는 햇빛공 안에 던져진 물고기 같아요. 물이 없는 그곳에서 퍼덕거리는 것만 같아요. 순희는 죽어 가는 물고기처럼 눈을 감았다 떴다 하면서 햇빛을 노려보다가 쓰러졌어요. 그때 재석이네 엄마가 집에서 나오다 순희를 발견했어요.

"아이고, 이게 어쩐 일이냐? 희명아, 희명아, 얼른 이리 나와 봐라."

놀란 재석이네 엄마는 희명 언니를 불렀어요. 재석이네 엄마는 순희를 껴안고 입술을 만져 보았어요.

"이런, 입술 병이 났구나. 희명아, 약국에 가서……."

재석이네 엄마는 희명 언니에게 어서 약을 사 오라고 시켰어요. 희명 언니가 약국으로 뛰어가고 재석이네 엄마는 입술을 동그랗게 모아 순희 입술에 바람을 불었어요. 그런데 신기하게도 바람이 입술에 닿자 통증이 조금 가라앉았어요. 재석이네 엄마는 힘껏 공기를 들이마신 뒤 다시 바람을 불어 주었어요.

재석이네 엄마가 불어 주는 바람은 장사하고 돌아오는 엄마 등에 업혀 맞았던 봄날의 바람 같았어요. 순희는 눈을 뜨고 싶지 않았어요. 눈꺼풀이 점점 무거워지더니 더 이상 아무 소리도 들리지 않았어요.

깜빡 잠이 든 건지, 기절을 한 건지 다시 깨어났을 때는 아무런 기억도 나지 않았어요. 다시 정신을 차렸을 때는 마루였어요. 여전히 재석이네 엄마가 안고 있었어요. 순희는 눈을 떴어요.

"정신이 좀 드냐? 이게 무슨 일이냐. 약 좀 먹자."

재석이네 엄마는 순희를 일으켰어요. 그리고 순희 얼굴에 바짝 대고 말했어요.

"이 약이 좀 따갑고 아프다. 순희야, 아줌마가 입술에 약을 뿌릴 건데…… 많이 아플 거다. 그래도 좀 참아라."

순희는 재석이네 엄마가 무슨 말을 하는 건지 알 수 없었어요. 잠시 후 재석이네 엄마는 흰 봉지를 펼치더니 하얀 가루를 순희의 입술을 향해 훅, 하고 불었어요. 하얀 가루가 순희의 입술에 달라붙었어요. 그런데 불길이 확확 닿는 것처럼 입술이 뜨겁고 아팠어요. 순희는 저도 모르게 몸을 뒤틀었어요. 재석이네 엄마는 순희가 움직이지 못하도록 팔을 끌어안았어요.

"엄마……."

순희는 자기도 모르게 엄마를 찾았어요.

"좀 참아라. 크려고 그러는 거다……. 크려면 몸도 마음도 아픈 거란다."

재석이네 엄마의 목소리에 울음이 섞여 있었어요.

재석이네 엄마는 하얀 가루를 다시 불었어요. 이번에도 순희 입술이 활활 타오르는 것 같았어요. 순희는 너무 아팠지만 꾹 참고 버둥거리지 않았어요.

'크려고 그러는 거다……'

재석이네 엄마의 말이 입술보다 가슴을 활활 태웠거든요.

순희는 잠이 들었어요. 다시 눈을 떴을 때는 어두운 밤이었어요. 아버지가 부엌 쪽문을 열고 들어왔어요.

"죽 좀 먹어라."

아버지는 순희를 이부자리에서 일으켰어요. 그런데 신기하게도 입술 끝이 아프지 않았어요. 순희는 거울을 보았어요. 입술 끝은 여전히 시꺼멨는데 아프지는 않았어요. 아마 재석이네 엄마가 뿌린 이름 모를 하얀 가루 때문일 거예요. 왜 그런지 모르겠지만 마음도 한결 가벼워졌어요. 순희는 아버지가 끓여 준 죽을 조금씩 먹었어요.

아버지는 텔레비전을 켰어요. 조용했던 집이 많은 손님이 와서 떠드는 것처럼 시끄러워졌어요. 아버지는 벽을 보더니 고개를 갸웃했어요.

"이게 무슨 일이야. 낮에 도둑고양이가 집에 들어왔었나 보다. 벽지가 다 뜯어져 있고……."

아버지는 다락에 올라가서 예전에 썼던 벽지와 풀을 가져왔어요. 순희는 모른 체했어요. 아버지는 흙이 떨어지는 벽에 푸른 벽지를 발랐어요.

벽 아랫부분 상처 난 곳에 새살처럼 푸른 벽지가 돋았어요.

부엌

순희는 혜순이랑 호떡을 만들어 먹기로 했어요. 하지만 순희는 걱정이 되어 혜순이에게 물었어요.

"너, 정말 호떡 만들 줄 알아?"

"그럼, 저번에도 언니랑 만들어 먹었어."

"언니 누구? 효순이 언니, 금순이 언니?"

혜순이는 언니만 네 명이에요.

"효순이 언니."

순희와 혜순이는 부엌으로 들어갔어요. 아궁이 옆에는 반들반들한 타일이 깔려 있어요. 타일은 군데군데 깨지고 때가 끼어 거뭇거뭇해요. 부엌에서 가장 깨끗한 것은 작년에 새로 단 주황색 보일러예요. 보일러 옆에는 작은 찬장이 놓여 있어요. 찬장에는 밥그릇과 냄비들이 들어 있고요. 보일러 맞은편에는 선반 두 개가 벽에 붙어 있어요. 니스 칠을 해서 반질거리지만 선반 귀퉁이는 썩어서 거무스름해요. 선반 위에는 주발과 종지, 프라이팬, 믹서 등이 놓여 있어요. 천장 아래에는 길쭉한 창문이 뚫려 있어요.

"밀가루 좀 줘 봐. 설탕이랑 물이랑 그릇도."

혜순이는 언니처럼 순희에게 명령했어요.

순희는 찬장에서 밀가루 봉지를 꺼냈어요. 노란 플라스틱 그릇도 꺼내서 혜순이에게 주었어요.

"정말 호떡 만들 수 있는 거지?"

혜순이는 고개를 끄덕이더니 노란 플라스틱 그릇에 밀가루를 가득 부었어요.

"너무 많지 않아?"

순희의 눈이 커졌어요.

"빨리 물 부어."

혜순이는 물컵을 가리켰어요. 순희는 플라스틱 그릇에 물을 부었어요.

"좀 더."

혜순이가 말하자 순희는 재빨리 물을 더 부었어요.

"그, 그만!"

혜순이가 놀라서 소리쳤어요. 노란 플라스틱 그릇에 물이 가득 차 찰랑거렸어요. 혜순이는 그릇 안에 손을 넣고 밀가루를 주물렀어요. 순희도 밀가루를 주물렀어요.

"부드럽다. 석주 궁둥이 같아……. 그치?"

석주는 상수네 아줌마가 낳은 늦둥이 아들이에요. 혜순이는 가끔 석주를 업고 다녔어요.

"혜순아, 이제 어떻게 하는 거야?"

순희는 밀가루 반죽이 덕지덕지 묻은 손가락을 보며 물었어요.

"둥그렇게 호떡 모양을 만들어야지."

혜순이와 순희는 둥그렇게 호떡 모양을 만들었어요. 그런데 자꾸만 밀가루 반죽이 미꾸라지처럼 손가락 사이로 빠져나갔어요. 순희와 혜순이는 일어나서 손을 이리저리 털었어요. 그러자 밀가루 반죽이 부엌 바닥에 뚝뚝 떨어졌어요.

"어떡해. 물을 너무 많이 넣은 것 같아……."

순희는 울상이 되었어요.

"괜찮아……. 밀가루를 좀 더 넣자."

혜순이가 다시 밀가루를 그릇 속에 쏟아부었어요. 순희는 금세 마음이 풀렸어요. 맛있고 따끈따끈한 호떡을 만들 수 있을 것 같은 자신감이 생겼어요. 밀가루 반죽을 동그랗게 만들어서 설탕을 넣고 다시 오므렸어요.

"자꾸만 호떡이 커져, 달처럼."

"괜찮아. 커다란 호떡도 있으니까."

혜순이가 순희를 달래 주었어요. 혜순이는 순희를 잘 달래요. 며칠 전에 순희 다리에 손톱만 한 종기가 났어요. 노랗게 곪은 종기 때문에 다리를 오므릴 수도 없었어요. 순희는 너무 아파서 금방 죽을 것 같다며 울먹거렸지요. 그때도 혜순이는 순희를 업고 약국으로 가면서 이렇게 말해 주었어요.

"괜찮아. 그딴 것 때문에 죽지 않아, 이 엄살쟁이야."

그제야 순희는 안심이 되었어요.

순희는 가스레인지 불을 켜고 프라이팬에 기름을 둘렀어요. 혜순이가 커다란 호떡을 프라이팬에 올려놓았어요. 기름 튀는 소리가 요란하게 났어요. 그 소리에 놀라 서로 얼굴을 바라보았어요. 혜순이는 주걱을 들고 호떡을 꾹꾹 눌렀어요. 그런데 어찌된 일인지 호떡은 자꾸만 더 커졌어요.

"호떡 안 되잖아."

실망한 순희가 입을 내밀었어요.

"좀 기다려 봐."

혜순이는 다시 밀가루 반죽을 프라이팬 위에 올려놓았어요. 이번 것도 요란한 소리만 내고 퍼졌어요. 처음에 부친 호떡은 뒤집지를 않아서 시꺼멓게 탔어요. 이번에도 탈까 봐 순희가 소리쳤어요.

"뒤집어, 빨리!"

혜순이가 주걱으로 호떡을 뒤집었어요. 그런데 잘못 뒤집어서 두 조각이 나고 말았어요. 혜순이와 순희가 만든 호떡은 겨우 세 개예요. 둘은 너무 지쳐서 더 이상 호떡을 만들 수가 없었어요. 혜순이는 시꺼멓게 탄 호떡을 접시에 올려놓았어요. 순희가 물었어요.

"이게 호떡이야?"

"호떡이지. 밀가루 속에 검은 설탕이 잔뜩 들어갔는걸."

혜순이는 호떡을 먹기 시작했어요. 순희도 따라서 호떡을 먹었어요. 너무 배고팠거든요. 그런데 아작아작 호떡을 먹던 혜순이가 퉤퉤 뱉었어요.

"너무 써."

순희도 호떡을 뱉었어요.

"너무 탔나 봐."

혜순이가 힘없이 말했어요. 순희는 부엌을 둘러보았어요. 부엌은 엉망진창이었어요. 찬장에도 선반에도 가스레인지에도 밀가루가 덕지덕지 묻어 있었어요. 설탕 봉지, 밀가루 봉지도 엎어져 있었고요. 혜순이의 얼굴에도 옷에도 밀가루가 묻어 있었어요.

'이걸 언제 다 치우지.'

혜순이가 하품을 하며 말했어요.

"나, 졸려."

순희도 졸렸어요. 너무 배가 고팠지만 아무것도 하고 싶지 않았어요. 혜순이가 먼저 부엌 쪽마루에 누워 버렸어요. 순희도 그 옆에 누웠어요. 부엌 창문으로 햇빛이 쏟아져 들어왔어요. 금세 잠이 든 혜순이가 코를 골았어요. 혜순이의 벌렁코가 움직였어요. 엄마도 혜순이처럼 부엌 쪽마루에서 잠깐씩 졸았어요.

부엌에서 일하는 엄마의 모습이 안개 속에 가려진 것처럼 뿌옇게 보여요. 엄마는 호박이나 무를 도마 위에 올려놓고 칼질을 하고 있어요. 양은 냄비에서 갈치조림이 바글바글 끓는 소리도 나고 그릇들이 달그락달그락 부딪치는 소리도 들려요. 엄마 냄새를 맡고 싶어요. 호떡은 밀가루 속에 설탕을 넣으면 되는데 엄마 냄새는 어떻게 해야 만들 수 있을까요?

순희는 밀가루가 덕지덕지 묻은 혜순이의 어깨에 고개를 묻었어요. 혜순이한테 엄마 냄새가 나요.

초록 소파

"순희 오냐? 빨리 들어와라."

동네 아줌마들이 순희네 집에 모여 있었어요. 재석이네 아줌마, 뚱보 상철이네 아줌마, 목사님하고 심방 다니는 혜순이네 엄마, 위쪽 골목에 사는 진주네 엄마까지 마루에 걸터앉아 있었어요. 마루 한가운데에는 처음 보는 아줌마가 순희를 보며 서 있었고요. 재석이네 엄마는 순희의 손을 잡아끌었어요.

"순희야, 엄마야. 엄마라고 불러 봐."

순희의 심장이 빠르게 뛰기 시작했어요. 키가 크고 비쩍 마른 여자는 다가오더니 노란 원피스를 주었어요. 순희는 낯선 아줌마가 팔을 잡자 어색해서 팔을 뺐어요. 그러자 동네 아줌마들이 억지로 순희의 옷을 벗기고 노란 원피스를 입혔어요.

"아이고, 예쁘다."

순희는 창피해서 얼굴이 새빨개졌어요. 순희는 후닥닥 골목으로 뛰어 내려갔어요. 한참 동안 공터에 있다가 날이 어둑어둑해지자 어쩔 수 없이 집으로 갔어요. 새엄마는 부엌에서 밥상을 차리고 있었고 아버지는 텔레비전을 보고 있었어요. 아버지는 새엄마가 들어오고 나서 더 말이 없어졌고 눈도 잘 마주치지 않았어요.

순희는 새엄마가 싫었어요. 새엄마이기 때문이 아니에요. 새엄마는 일을 다니기 시작했는데 그 일이 힘들었는지 자주 화를 내고 끊임없이 잔소리를 했어요. 새엄마가 오고부터는 평온함이 사라져 버렸어요. 순희는 새엄마가 침입자처럼 느껴졌어요.

그러던 어느 날이었어요.

안방에 갑자기 초록 소파가 생겼어요. 새엄마는 공터에 버려진 초록 소파를 주워 온 거라고 했어요. 초록 소파의 천은 너무 낡아 바랬고 귀퉁이는 불에 타서 노란 솜뭉치가 튀어나왔어요. 새엄마는 초록 체크무늬, 장미꽃 무늬, 노란색 자투리 천을 잇대어 초록 소파 위에 덧씌울 커버를 만들고 있었어요. 새엄마는 한참 동안 바느질을 하더니 알록달록한 커버를 소파에 씌웠어요. 그러자 볼품없던 초록 소파는 한결 밝고 화사해졌고 조금은 고급스러워 보였어요. 순희네 집도 초록 소파가 꽤 마음에 든 것 같아요. 기분이 좋은 것처럼 배시시 미소 짓는 것처럼 느껴졌어요.

"이건 침대도 되고 소파도 되는 거야. 접으면 소파가 되고 펴면 침대가 되는 거지."

새엄마는 누구에게 말하고 있는 걸까요?

새엄마는 소파를 펴고는 누웠어요. 초록 소파가 초록 침대가 되는 순간이었어요. 피곤하고 지친 새엄마의 얼굴이 조금씩 펴졌어요.

"다리가 아파……. 다리에 난 물혹을 수술해야 하는데…… 너무 일을 많이 해서……."

새엄마는 누군가에게 또 말했어요. 초록 소파에게 말하나 봐요. 새엄마의 말은 초록 소파밖에는 들어주지 않나 봐요.

새엄마는 잠시 누워 있다가 아랫동네로 마실을 갔어요.

순희는 초록 소파를 가까이에서 보기 위해 안방으로 갔어요. 가까운 데에서 보니 훨씬 근사해 보였어요. B지구에 침대가 있는 집은 아무도 없어요. 순희는 살그머니 소파에 누웠어요. 꼭 공주가 된 기분이었어요.

그러다가 침대 머리맡에 놓여 있는 편지를 보게 되었어요.

편지 겉봉투에는 '희망 보육원 박태양'이라고 쓰여 있었어요. 조심스럽게 편지를 꺼내 읽어 보았어요. '엄마에게' 라고 시작되는 편지였어요. 연필로 꾹꾹 눌러 쓴 아이의 글씨였어요. 새엄마에게 아들이 있다는 말은 들어 보지 못했어요. 순희는 편지를 자리에 놓고 다시 작은 방으로 갔어요.

해 질 무렵 집으로 돌아온 새엄마는 아무 일도 없다는 듯 초록 소파에 앉아서 돋보기를 끼고 잡지를 읽었어요. 순희는 새엄마가 무슨 생각을 하는지 알 수 없었어요. 초록 소파는 알까요? 아무도 모르는 새엄마의 마음을요.

손님

"넌 누구니?"

순희는 애들이랑 놀다 집에 들어갔어요. 그런데 처음 보는 남자아이가 이불을 뒤집어쓴 채 텔레비전을 보고 있어서 물었어요.

"나? 김춘자 아들."

'김춘자'는 새엄마의 이름이에요.

퉁방울 같은 눈을 가진 남자아이는 무뚝뚝하게 대답했어요.

"우리 집에 왜 왔어?"

"우리 엄마가 겨울 방학 동안 있으라고 해서……."

"어디에서 왔는데?"

"희망 보육원."

남자아이는 그렇게 말하고 고개를 떨어뜨렸어요. 그리고

는 방바닥에 벌렁 눕더니 주머니에서 한 뭉치의 딱지를 꺼내 세기 시작했어요.

"이름이 뭐야?"

"박태양."

태양이도 순희에게 이름을 물어보았지만 순희는 대답도 하지 않고 작은 방으로 가 버렸어요.

새엄마는 태양이에게 김밥도 만들어 주고 오징어 볶음도 만들어 주었어요. 태양이는 미련한 곰처럼 먹기만 했어요. 우연히 순희와 눈이라도 마주치면 큰 잘못이라도 저지른 듯 고개를 숙였어요. 태양이는 밖에 나가 놀지 않았어요. 방구석에서 하루 종일 연을 만들었어요. 연을 만들다 조심스럽게 순희에게 말을 건넸어요.

"풀이랑 가위 좀 빌려 줄래?"

순희는 입술을 깨물고 태양이를 노려보았어요.

"싫어! 내 물건에 손대지 마. 죽여 버릴 거야!"

태양이는 또 바보처럼 고개를 떨어뜨렸어요.

그 이튿날이었어요. 순희는 새벽부터 귀가 아팠어요. 아버지는 벌써 일하러 나갔고 새엄마한테는 아프다는 말을 할 수가 없었어요. 새엄마도 아침을 먹고 서둘러 나갔어요.

순희는 돼지 저금통을 가른 뒤 돈을 꺼내서 병원에 갔어요. 의사 선생님은 급성 중이염이라고 했어요. 순희는 약을 지어서 집으로 왔어요. 약을 먹자 통증이 조금 가셨어요. 그런데 자신도 모르게 앓는 소리를 냈어요.

태양이는 조심스럽게 작은 방 문을 열었어요.

"아파?"

"으으…… 나가 버려."

순희는 태양이를 째려보며 차갑게 쏘아붙였어요. 순희는 약 기운 때문에 잠이 들었어요.

잠에서 깬 순희는 배가 고팠어요. 부엌으로 가는데 기름 튀는 소리가 요란하게 들려왔어요. 태양이가 달걀 프라이를 하고 있었던 거예요. 태양이의 턱과 소매에 기름과 달걀이 덕지덕지 묻어 있었어요. 순희는 부엌 문턱에 쪼그리고 앉았어요. 태양이는 접시 위에 달걀 프라이를 올린 뒤 쟁반에 받쳐 순희에게 가져왔어요.

태양이는 눈을 두어 번 껌뻑이더니 말했어요.

"내가 할 수 있는 건 이것뿐이야."

"왜 이렇게 많아?"

접시 위에는 달걀 프라이가 수북하게 쌓여 있었어요.

"자꾸만 노른자가 터지고 모양이 망가져서…… 다시 만들다 보니……."

"몇 개야?"

"일곱 개."

"멍청이."

태양이는 고개를 푹 숙이고 밤톨 같은 머리를 긁적였어요. 순희는 너무 배가 고파서 달걀 프라이를 꾸역꾸역 먹기 시작했어요. 그러자 조금씩 기운이 났어요. 어두워졌지만 순희와 태양이는 불을 켤 생각도 하지 않고 부엌 쪽마루에 앉아 달걀 프라이를 먹었어요.

그때 새엄마가 들어왔어요. 부엌 바닥에 달걀 껍데기와 기름이 여기저기 떨어진 게 보이자 순희에게 화를 냈어요.

"너, 뭐야? 집을 이렇게 엉망으로 만들어 놓고. 어제 사 놓은 달걀을 다 먹어 버리면 어떡해!"

순희의 가슴에 뜨거운 불이 솟구쳤어요.

"나, 아팠어요!"

"아프긴, 뭐가 아파! 멀쩡하게 먹을 거 다 먹었으면서!"

순희는 태양이를 보았어요. 태양이가 자신이 아팠다는 것을 말해 주기를 기다렸어요. 그런데 태양이는 마루 끝에 쭈그려 앉은 채 고개만 떨어뜨리고 있었어요.

'바보! 넌 바보야. 저렇게 못돼 먹은 여자가 네 엄마야! 네 엄마는 너를 버렸어, 이 바보야!'

순희는 속으로 외치고 작은 방으로 들어가 다시 잠을 잤어요.

다음 날 아침, 태양이가 작은 방 문을 똑똑 두드렸어요. 순희는 화가 풀리지 않아 이불을 머리끝까지 뒤집어썼어요. 태양이는 새엄마가 잠깐 가게에 나간 사이 다시 문을 두드리며 말했어요.

"나, 이제 가……. 이거 내가 만든 연이야."

방문 밖은 고요했어요. 그 고요 속으로 태양이의 목소리가 다시 밀려왔어요.

"우리 엄마 너무 미워하지 마……. 우리 엄마 불쌍해……."

태양이가 운동화를 신고 대문 밖으로 나가는 소리가 들렸어요. 순희는 조심스럽게 방문을 열었어요. 방문 밖에는 태양이가 만든 방패연, 가오리연이 있었어요. 순희는 그 연을 냉장고 옆 구석에 처박았어요. 태양이에게 무엇인가를 받았다는 게 부끄러웠어요.

그 뒤로 많은 시간이 흘렀어요.

순희는 가끔 고개를 숙인 태양이의 얼굴이 떠올랐어요. 그리고 조금 미안했어요. 그러다가 냉장고 옆 구석에 한 번도 날지 못한 연들을 발견했어요.

순희는 그중 가오리연을 가지고 동네에서 가장 높은 언덕

으로 올라갔어요. 그러고는 천천히 실타래를 풀었어요. 가오
리연은 긴 꼬리를 휘날리며 공중으로 자유롭게 날아갔어요.

작은 방

순희는 문방구에 가려고 공터를 지나갔어요. 그런데 누군가 바짝 쫓아왔어요. 뒤돌아보니 정훈이었어요. 공터에서 놀고 있던 정훈이는 순희를 보고 쫓아왔던 거예요.

"순희야, 내일 공터에서 보자."

정훈이가 처음으로 말을 건넸어요. 순희가 대답하기도 전에 정훈이는 어둠 속으로 달려갔어요. 순희는 집에 왔는데도 심장이 콩닥콩닥 뛰었어요. 그 소리가 너무 크게 들려서 가만히 누웠어요.

'내일은 일요일인데…… 언제 만나자는 거지?'

생각해 보니 정훈이가 몇 시에 만나자는 말은 하지 않았어요.

다음 날, 순희는 크레파스와 도화지를 들고 공터로 나갔어요. 정훈이랑 그림을 그리려고요. 공터에는 꼬마 아이들이

폐타이어 속에 들어가 놀고 있었어요. 순희는 미끄럼틀 근처에 앉아 정훈이를 기다렸어요. 한참이 지나도 정훈이는 오지 않았어요. 순희는 기다리다 지쳐서 집에 가려고 일어났어요. 그런데 자기가 가고 난 다음에 정훈이가 달려올 것만 같았어요. 그래서 다시 주저앉았어요.

하늘은 순희의 마음처럼 어두워지더니 비가 내리기 시작했어요. 순희의 얼굴과 손등에 빗방울이 떨어졌어요. 폐타이어를 굴리던 아이들이 집으로 뛰어갔어요. 빗방울은 순희의 얼굴에 떨어지더니 이내 흘러내렸어요. 분홍색 셔츠가 젖었어요. 속옷도 젖었어요. 운동화에 물이 들어와 양말도 젖었어요. 스케치북도 젖어 버렸어요. 그런데도 순희는 일어나지 못했어요. 그러다 깨달았어요.

'정훈이가 장난처럼 한 말인데……. 그냥 심심해서.'

핑, 눈물이 돌았지만 울고 싶지 않았어요. 순희는 자리에서 일어나 젖어 버린 스케치북을 버렸어요.

다음 날이었어요. 정훈이 엄마가 점심시간에 도시락을 가지고 교실로 찾아왔어요. 정훈이가 놓고 간 도시락을 가지고 온 거예요. 정훈이 엄마는 오른쪽 다리를 심하게 절어서 금방이라도 오른쪽으로 쓰러질 것만 같았어요. 정훈이는 엄마가 교실로 들어오자 얼굴이 새빨개졌어요. 아이들도 깜짝 놀랐어요. 다른 아이들은 정훈이 엄마가 다리를 저는 걸 몰랐거든요. 정훈이 엄마가 돌아가자 철웅이가 장난으로 정훈이 엄마가 절뚝이는 모습을 흉내 냈어요. 그 모습을 본 반 아이들은 낄낄거렸어요. 정훈이는 벌떡 일어나 철웅이의 몸을 덮치고 목을 졸랐어요. 때마침 들어온 선생님이 둘을 간신히 떼어 놨어요. 정훈이와 철웅이는 벌을 섰어요. 정훈이는 화가 풀리지 않아 입술을 꽉 깨물었어요.

그 뒤로 정훈이는 사나워졌어요. 여자 아이들의 목을 조르기도 하고 못된 형들과 어울려 다녔어요.

그러던 어느 날, 순희가 학교 수업이 끝나고 고모네 집으로 가던 중이었어요. 아버지의 심부름이었어요. 고모네 집으로 가려면 앞산을 넘어가야 해요. 앞산은 나지막한 산이에요. 순희가 산마루에 닿았을 때였어요. 덩치가 큰 남자아이들 몇 명이 산속에서 뛰어나왔어요. 처음 본 아이들이었어요. 남자아이들은 순희의 앞을 가로막았어요.

"야, 꼬마! 잠깐 서 봐."

"돈 갖고 있으면 내놔."

순희는 가방을 내려놓고 주머니를 뒤졌어요. 겨우 찾은 오십 원짜리 동전 하나를 내밀었어요.

"이거밖에 없어? 뭐야, 누구 놀려?"

키가 작고 뚱뚱한 남자아이가 말했어요. 그때 산속에서 한 남자아이가 불쑥 나타났어요. 정훈이었어요. 정훈이는 나뭇가지를 들고 있었어요. 순희는 너무 놀랐지만 아무 말도 못 했어요.

"야, 장난 좀 치자. 소라 놀이 어때?"

대장인 듯한 덩치 큰 남자아이가 정훈이에게 말했어요. 정훈이의 눈빛이 흔들렸어요.

"왜 자신 없어? 너, 겁쟁이야?"

덩치 큰 남자아이가 비아냥거리며 말했어요. 그러자 정훈이가 겁쟁이가 아니라는 걸 보여 주려는 듯 순희에게 다가왔어요.

"왜 이래……."

순희는 잔뜩 겁을 먹었어요. 정훈이는 순희의 귀를 잡아당겼어요.

"뭐 하는 거야……."

정훈이는 땅에서 흙을 움켜쥐더니 순희의 귓속에 넣었어요. 순희가 몸부림치자 두 아이가 순희의 팔다리를 잡았어요. 정훈이는 순희의 오른쪽 귓속에 힘없이 흙을 집어넣었어요. 그러자 귓속에서 찰라락 찰라락 파도 소리가 났어요. 갈매기 소리도 났어요. 은빛 모래들을 밟을 때 나는 소리도 들렸어요. 사각사각 사각사각. 순희는 정신이 아뜩해지고 앞이 캄캄해졌어요. 정훈이가 갑자기 나뭇가지를 버리더니 산 밑으로 뛰어 내려갔어요.

"야, 이 새끼. 너, 어디 가!"

아이들이 소리를 지르며 정훈이 뒤를 쫓아갔어요.

순희는 간신히 일어나 집으로 갔어요. 집으로 가는 동안에도 귓속에서 계속 사각사각 소리가 났어요. 동네 입구 감나무 밑에 아버지가 앉아 있었어요. 순희는 아버지가 보이자 쓰러졌어요. 아버지와 차 씨 아저씨가 놀라서 뛰어왔어요.

"무슨 일이야?"

"귀에…… 귀에…… 아이들이……."

순희가 말했어요. 차 씨 아저씨는 순희의 귓속을 보고 깜짝 놀랐어요.

"이런 못된 녀석들이……."

차 씨 아저씨는 귓속에 있는 흙을 털어 주었어요. 그런데도 여전히 이상한 소리가 났어요. 순희는 자꾸 고개를 흔들었어요.

"도대체 누가 그랬냐? 병신 되면 어쩌려고!"

아버지는 화가 나서 물었어요. 순희는 아무것도 모른다는 듯 고개를 가로저었지요.

그렇지만 속으로 말했어요.

'정훈이가 그랬어. 정훈이가…….'

또르르르, 자꾸만 눈물이 흘렀어요. 울고 싶지 않은데 계속 눈물이 났어요. 흘린 눈물은 옷에 스며들지 않고 구슬처럼 온몸에 매달리는 것 같았어요. 아버지는 순희를 안고 집으로 들어가 작은 방에 누였어요.

눈물은 어디에서 오는 걸까요? 눈물은 마음에서 새싹처럼 움트나 봐요. 마음이 슬플 때 슬픔의 눈물, 마음이 기쁠 때 기쁨의 눈물, 그리움이 깊을 때 그리운 눈물이 나니까요. 그런데 지금 흐르는 눈물은 어떤 마음에서 흘러나오는 눈물인지 모르겠어요. 슬프지도, 기쁘지도, 그립지도 않아요…….

그래요. 이 눈물은 작별의 눈물이에요. 순희는 정훈이에게 향했던 마음과 헤어지기로 결심했어요. 그러고는 몸을 흔들었어요. 몸에 매달린 작별의 눈물은 후드득후드득 작은 방에 떨어졌어요. 작은 방은 "그래, 그래." 하면서 떨어진 눈물을 소리 없이 삼켰어요.

다락

순희는 정훈이에게 편지를 써야겠다는 생각이 들었어요. 작별하기 위해서요. 순희는 편지를 쓰기 위해 다락으로 올라 갔어요. 다락에는 아버지가 사다 준 낡은 위인전, 오빠가 읽던 소설책들, 선풍기, 쓰지 않는 담요, 철 지난 옷가지들이 쌓여 있었어요.

순희는 잡동사니 물건들을 좀 치우고 누웠어요. 몸이 커져서 이제는 다리를 마음껏 움직일 수 없었어요. 다락은 하늘에 떠 있는 방 같아요. 어떤 때는 우주선 같고 어떤 때는 공중에 떠 있는 애드벌룬 같아요.

순희는 편지를 쓰기 시작했어요.

정훈아, 미안해.

'도대체 뭐가 미안하다는 거야?'

순희는 자신이 쓴 편지가 마음에 들지 않았어요. 그래서 다시 썼어요.

나쁜 새끼! 왜 공터에서 만나자고 한 거야?

이것도 마음에 들지 않았어요. 지금 그걸 따져서 뭐 해? 이미 잊어버린 약속인데……. 그때 정훈이가 귓속에 흙을 넣는 모습이 떠올랐어요. 소름이 끼쳤어요. 순희는 다시 연필을 쥐고 꾹꾹 눌러 썼어요.

아는 척하지 마.

순희는 비로소 마음에 들었어요.

'이제 더 이상 너 따위 생각하지 않을 거야. 네 발소리를 기다리지 않을 거야.'

마치 엄마가 어린아이를 타이르듯 자신을 다독였어요. 순희는 편지를 접어 딱지처럼 만들었어요. 이 편지를 정훈이에게 주면 모든 게 끝날 것 같았어요. 햇볕에 눈이 녹듯이 정훈이를 좋아했던 마음이 녹아 버릴 것 같았고 정훈이가 자신을 좋아할 거라는 믿음도 사라질 것 같았어요.

순희는 딱지처럼 접은 편지를 쥐고 밖으로 나갔어요. 정훈이네 집은 골목 맨 끝 집인데 햇볕이 잘 들어오지 않아 언제나 어두웠어요. 순희는 정훈이네 집을 향해 달렸어요. 그리고 철문을 흔들었어요. 심장이 요동쳤어요. 잠시 후에 철문이 열렸어요. 정훈이가 고개를 내밀었어요. 정훈이는 놀란 눈으로 순희를 보더니 바로 고개를 숙였어요. 순희는 다짜고짜 정훈이의 손에 편지를 건네주고는 정신없이 집으로 돌아왔어요. 그리고 다시 다락으로 올라갔어요.

"이제 끝이야!"

순희는 자신에게 말했어요.

그런데 참 이상해요. 정훈이에게 편지를 주면 정훈이에 대한 마음이 깨끗이 사라질 것 같았는데 그게 아니었어요. 자꾸만 정훈이 얼굴이 떠올랐어요. 정훈이를 생각하면 마음이 풍선처럼 커져서 하늘 끝까지 날아가 버릴 것 같던 마음도 그대로였어요.

순희는 다락 한 귀퉁이에 쌓여 있는 낡은 위인전을 읽기 시작했어요. 책을 읽어도 머릿속에는 온통 정훈이 얼굴뿐이에요. 순희는 책을 던져 버렸어요. 책은 이불 뒤에 있는 보라색 보자기에 떨어졌어요. 순희는 보자기가 있는 곳으로 몸을 돌려 보자기를 풀었어요. 보자기 속에는 군청색의 전대와 녹슨 막대 저울이 있었어요. 전대는 엄마가 장사할 때 허리에 차고 다녔던 돈주머니예요. 군청색 전대에는 주머니와 지퍼가 달려 있어요. 지퍼는 녹이 슬긴 했지만 여전히 빛이 나요. 하지만 막대 저울은 너무 녹슬었어요. 막대 저울에 촘촘히 적혀 있는 눈금도 거의 보이지 않아요. 막대 저울 왼쪽에는 둥근 접시가 매달려 있어요. 그 둥근 접시 위에 물건을 올려놓으면 막대가 기울어져요. 막대가 기울어지지 않도록 반대편의 추를 움직여요. 막대가 평평해지면 눈금을 보고 물건 값을 매기는 거예요. 요즘 상인들은 이런 막대 저울을 사용하지 않아요.

엄마는 안 해 본 장사가 없었어요. 계절에 따라 파는 품목도 달라졌지요. 김장철에는 소금 장사도 했어요. 소금이 가득 담긴 황토색 플라스틱 통을 머리에 이고 "소금 사려! 소금 사려!" 외치며 다녔어요. 어떤 날은 갑자기 소낙비가 쏟아지기도 했어요. 비를 피할 곳이 없어서 소금은 무거워졌어요. 엄마는 도저히 소금을 지탱할 힘이 남아 있지 않았어요. 그런데도 엄마는 소금 통을 내려놓지 않았어요. 엄마의 얼굴에서 빗방울과 땀방울이 섞여 뚝뚝 흘러내렸어요. 엄마는 그렇게 온 힘을 다해 소금을 이고 집으로 돌아왔어요.

엄마는 순희를 보고서야 소금 통을 내려놓았어요. 순희가 엄마 목에 매달리면 엄마는 간신히 순희를 업고 동네 한 바퀴를 돌았어요. 그러고 나서 집에 돌아와 허리에 둘렀던 전대를 풀고는 거꾸로 들고 흔들었어요. 그러면 지폐와 동전들이 쏟아져 나왔어요. 눈이 몹시 나쁜 엄마는 바짝 고개를 숙이고 동전을 셌어요. 순희는 그 옆에서 놀다가 엄마 무릎을 베고 잠이 들곤 했어요.

순희는 전대를 끌어안았어요.

'엄마, 걔는 왜 내 귀에 흙을 넣었을까? 엄마, 이 세상은 참 이상해⋯⋯.'

순희는 눈물이 나오려고 해서 바닥에 엎드렸어요. 순희는 다락으로 파고들었고 다락은 가슴을 내밀어 순희를 안아 주었어요.

그런데 밖에서 대문을 두드리는 소리가 났어요. 순희는 다락에서 대문 밖을 내려다보았어요. 뜻밖에도 정훈이가 서 있었어요.

"저⋯⋯ 나⋯⋯ 이사 가."

정훈이의 목소리가 심하게 떨렸어요. 순간 마음에서 쿵, 하고 뭔가 떨어지는 소리가 났어요. 정훈이가 엄마처럼 자신의 눈앞에서 사라질 거라고 상상해 본 적이 없었어요.

"……장미 연립이래. 장미 연립으로 이사 가……. 장미 연립이야. 잊어버리면 안 돼."

정훈이는 한참 동안 서 있다가 골목 위로 뛰어 올라갔어요.

순희의 마음은 지붕 맨 위에 달라붙은 다락처럼 좁고 어두워졌어요. 순희는 깨달았어요. 자기에게 정훈이는 다락의 어둠을 밀고 들어왔던 한 줄기 햇살이었던 거예요. 아버지가 등을 돌렸을 때 순희의 마음은 캄캄한 다락이 되어 버렸어요. 그런데 정훈이를 생각하면 다시 밝아졌지요. 초록 소파에 누워 태양이를 생각하는 새엄마를 보고 있으면 쓸쓸했어요. 그런데 정훈이를 생각하면 외롭지 않았어요. 정훈이를 좋아했던 마음은 순희를 웃게 해 주고 씩씩하게 만들어 주었어요.

순희는 다락에 엎드려 귀를 기울여요. 그리고 다시 기다려요. 정훈이의 발소리를요.

장미 연립

정훈이가 이사를 가는 날이에요. 아저씨들이 골목을 오가며 이삿짐을 날랐어요. 순희는 몇 번이나 대문 밖으로 나가보고 싶었어요. 그러나 트럭에 짐을 싣고 떠날 때까지 나가지 못했어요. 골목이 조용해지고 나서야 대문 밖으로 나갔어요. 아무도 없었지요. 정훈이네 집에도 가 보았어요. 철문은 굳게 닫혀 있었어요.

장미 연립. 순희의 머릿속엔 오로지 '장미 연립'만 맴돌았어요.

며칠이 흘렀지만 장미 연립은 머릿속에서 지워지지 않았어요. 순희는 마침내 장미 연립을 찾아 나서기로 결심했어요.

순희는 우선 혜순이네 집으로 갔어요. 고등학교를 졸업한 금순이 언니가 대문 밖으로 나오고 있었어요. 순희는 엉겁결에 금순이 언니에게 물어보았어요.

"언니, 우리 동네에 장미 연립이라고 있어?"

"이 동네에 무슨 연립이 있어?"

금순이 언니는 피식 웃더니 나가 버렸어요. 하긴 B지구에는 네모반듯한 연립 주택은 없어요. 허름한 슬레이트 집이나 벽돌을 얹은 집들뿐이에요. 순희는 끝방으로 갔어요. 혜순이는 감기가 심하게 걸려서 계속 코를 풀며 휴지를 아무 데나 던지고 있었어요. 코끝은 루돌프 사슴코처럼 빨갰어요.

"혜순아, 장미 연립이라고 들어 봤어?"

순희는 다짜고짜 혜순이에게 물었어요.

"장미 연립? 못 들어 봤는데……. 장미 연립이라면 장미꽃이 피어 있는 집이겠네."

혜순이는 코를 팽 풀며 말했어요.

"그래. 그럴지도 몰라."

"B지구 맨 꼭대기에 장미가 피어 있는 집이 있다고 하던데……. 우리 엄마가 목사님하고 심방하러 갔다가 봤대. 장미가 탐스럽게 피어 있는 집이 있다고 했어. 장미꽃이 핀 집이라면 거기밖에 없을 텐데."

"정말?"

순희는 반가웠어요. 그곳이 정훈이네 집이라는 생각이 들었어요.

"거기가 어디야? B지구 꼭대기야?"

순희는 당장이라도 갈듯이 벌떡 일어났어요.

"그건 나도 모르지……. 그런데 거기에 꼭 가야 돼? 거긴 너무 멀고 높은데……."

"빨리 가자."

순희는 혜순이의 팔을 잡아끌었어요. 혜순이는 맹맹한 목소리로 말했어요.

"나, 아픈데."

혜순이는 순희의 부탁을 거절해 본 적이 없었어요. 그래서 죄를 지은 듯 풀이 죽었어요. 순희는 혜순이에게 달콤하게 말했어요.

"내 부탁 들어 주면…… 이번 주에 교회 나갈게."

"진짜야?"

혜순이 눈이 커졌어요. 일요일마다 순희네 집 대문 앞에서 "순희야, 교회 가자."라고 외쳐도 순희는 잠자는 척만 했거든요.

순희와 혜순이는 운동화 끈을 단단히 조였어요. B지구 꼭대기는 한 번도 가 보지 못한 곳이에요. 거기는 동네라기보다는 산이에요. 산에 집들이 듬성듬성 있었지요. 사람들은 그곳에 잘 올라가지 않았어요. 경사가 심해서 구르기라도 하면 발목이 삐거나 부러지는 사람들이 있었거든요.

순희와 혜순이는 B지구 꼭대기를 올려다보았어요. 북극성처럼 멀고 아득해 보였어요. 둘은 이십여 분쯤 걸었는데 땅에서 후끈후끈 올라오는 열 때문에 숨이 막힐 것 같았어요. 혜순이는 날갯죽지를 늘어뜨린 제비 새끼 같았어요. 하지만 순희는 지치지 않았어요.

'조금만 가면 나올 거야. 장미 덩굴이 벽을 타고 올라가는 이층집일 거야.'

벽을 타는 거미처럼 가파른 길을 올라갔지만 끝이 보이지 않았어요. 마땅히 쉴 곳도 없었어요. 군데군데 가겟집이 있었지만 아이스크림을 살 만한 돈이 없었어요. 목이 바짝바짝 말랐어요. 한 걸음, 한 걸음 걷는 게 너무 힘들었어요. 혜순이는 더 이상 걷지 못하고 주저앉았어요.

"난 더 이상 못 가겠어."

"조금만 더 가면 돼. 이제 절반은 왔어."

순희는 혜순이를 졸랐어요.

"근데 거기는 왜 가려고 해?"

순희는 망설이다가 혜순이에게는 비밀이 없으니까 말하기로 했어요.

"정훈이가 이사를 갔어."

"너 만날 때리고 도망치던 놈?"

순희는 고개를 끄덕였어요.

"장미가 있는 집으로 이사를 갔어. 그곳에서 만나기로 했어."

"둘이 뽀뽀했어?"

혜순이가 천연덕스럽게 물었어요. 순희는 너무 놀라 눈이 댕그래졌어요.

"정훈이가 너 좋아한다고 학교에 소문 다 났는데, 뭐."

혜순이는 그제야 알겠다는 듯 힘을 내서 다시 올라가기 시작했어요. 순희도 얼른 쫓아갔어요. 마침내 점처럼 작게만 보였던 B지구 꼭대기의 집들이 보이기 시작했어요. 산비탈에 있어서 위태로워 보였어요.

"휴, 이제 다 온 것 같은데?"

혜순이가 이마에 흐르는 땀을 닦았어요. 순희도 숨을 길게 내쉬었어요.

"정훈이네 집을 어떻게 찾지?"

"집마다 가 보지, 뭐."

혜순이가 언니처럼 의젓하게 말했어요. 순희는 혜순이 뒤를 졸졸 따라갔어요. 한참을 이리저리 헤매던 혜순이가 소리쳤어요.

"저기, 장미가 보인다!"

순희는 가슴이 터질 것만 같았어요. 정말 혜순이가 말한 대로 장미가 보였어요. 그런데 순희가 상상했던 이층집이 아니에요. 한 번도 보지 못한 비닐로 만든 둥근 집이었지요. 그런데 혜순이와 순희의 눈을 붙잡은 것은 마당에 핀 장미꽃이었어요. 이유는 알 수 없었지만 혜순이도 순희도 가슴이 떨렸어요. 세상에 태어나서 처음으로 장미꽃을 본 것처럼 신기하기만 했어요. 둘은 장미꽃이 피어 있는 곳으로 다가갔어요. 그리고 약속이라도 한 듯이 장미꽃을 세었어요.

"한 송이, 두 송이, 세 송이, 네 송이……."

장미꽃은 딱 열 송이였어요. 장미꽃을 다 세고 나자 순희는 기운이 빠졌어요. 순희는 이곳으로 올라오면서 상상했어요. 빨간 이층 벽돌집을 타고 올라가는 장미 덩굴을요. 벽도, 창문도, 지붕도 장미 덩굴이 올라간 집 말이에요.

"아무래도 장미가 가득 피어 있는 집은 아닌 것 같아. 겨우 열 송이잖아."

혜순이가 아무 말도 하지 못하다가 속삭였어요.

"그래도 저기 비닐하우스 집에 들어가 보자. 장미꽃은 저 집밖에는 없잖아."

11. 뽈치 보린 지음

• 바다를 향한 모험은 언제나 무한한 상상력을 자극한다. 국내 최초의 해양판타지. – 〈서울신문〉

• 국내 작품에선 드물게 해적과 해적선을 등장시키면서 우리에게 익숙한 용왕 설화에 용왕과 용궁을 찾아가는 위험한 모험을 비벼 넣었다. – 〈한겨레〉

★제7회 푸른문학상 수상작 ★한국도서관협회 우수문학도서
★국립어린이청소년도서관 사서 추천도서

12. 날 좀 내버려 둬 양인자 외 7인 지음

• 제7회 푸른문학상을 받은 8편의 동화를 모았다. 다양한 소재와 훈훈한 에피소드로 잔잔한 감동과 재미를 준다. – 〈경향신문〉

• 작가들의 수만큼 소재와 문체가 다양하다. 하지만 아이들에 대한 따뜻한 공감과 세밀한 시선이 전체 작품을 하나로 엮는다. – 〈한겨레〉

★제7회 푸른문학상 수상작 ★초등학교 〈국어〉 교과서에 작품 수록
★국립어린이청소년도서관 사서 추천도서
★어린이도서연구회 권장도서

15. 불가사리 강숙인 지음

불가사리 설화를 토대로 왜구의 침입에 맞서는 우리 민족의 모습을 조명한 역사동화.

• 불가사리 전설을 새롭게 해석해 진정한 사랑에 대해 묻는다.
– 〈조선일보〉

• 등장인물의 모습을 통해 참된 사람살이를 배울 수 있다. – 〈독서신문〉

★학교도서관사서협의회 추천도서 ★아침독서 추천도서
★대성독서논술 선정도서

20. 내가 훔치고 싶은 것 이종선 지음

• 도난 사건을 둘러싼 미묘한 심리싸움을 통해 열세 살 네 소녀가 친구가 되어 가는 과정을 그렸다. – 〈소년조선일보〉

• 도벽과 도난 사건을 소재로 했지만 그 이면에 감춰진 아이들의 진짜 욕망을 파고들면서 외로움과 결핍을 지닌 아이들의 마음을 따뜻하게 감싸 줘야 한다고 말한다. – 〈연합뉴스〉

★아침독서 추천도서
★네이버 북리펀드 선정도서

21. 도서관 길고양이 김선아 외 6인 지음

• '제8회 푸른문학상' 수상작 7편의 모음집. 어른들에 의해 움직이는 세상 속을 살아가는 어린이들의 모습을 여러 각도에서 보여 주고 있다. – 〈어린이동아〉

• 참신한 구성과 독특한 소재로 신선함을 던져 줄 뿐만 아니라 문학적 완성도까지 겸비하고 있다. – 〈한겨레〉

★제8회 푸른문학상 수상작   ★초등학교 〈국어〉 교과서에 작품 수록
★네이버 북리펀드 선정도서   ★아침독서 추천도서

23. 명탐정 설홍주, 어둠 속 목소리를 찾아라 정은숙 지음

• 어딘가 부족해 보이지만 뛰어난 관찰력과 추리력, 흔들리지 않는 믿음과 우정으로 사건을 해결해 나가는 과정이 흥미진진하게 펼쳐진다. – 〈뉴시스〉

★학교도서관저널 추천도서
★서울특별시립어린이도서관 권장도서
★아침햇살 선정 좋은 어린이책

25. 아빠는 내가 고를 거야 김해우 지음

• 어른들은 모르는 아이들의 속마음을 엿보는 한편, 가족의 의미도 되짚어볼 수 있는 책. – 〈소년조선일보〉

• 가족 해체가 남긴 상처와 그 안에서 싹트는 또 다른 희망을 어린이의 눈으로 짚어 준다. – 〈소년한국일보〉

★네이버 북리펀드 선정도서
★초등학교 〈국어〉 교과서 수록 작가

26. 나의 철부지 아빠 신혜영 외 7인 지음

• 철없는 미혼부 아빠를 돌보느라 잔소리가 마를 날이 없는 아이의 생활을 유쾌하게 그리고 있다. – 〈북데일리〉

• 재밌고 완성도 높은 작품들로 꽉 찬 동화집. 신인 작가들의 데뷔작이지만 하나같이 만만찮은 역량이 느껴진다.
– 〈소년조선일보〉

★제9회 푸른문학상 수상작   ★아침독서 추천도서
★한우리가 뽑은 좋은 책

41. 주작의 다섯 날개 김지오 지음

• 길거리 농구팀 '주작'의 다섯 아이들이 새로 생긴 유소년 스포츠 클럽 팀에 스카우트되면서 겪는 일들을 그린 창작동화다. '농구 마니아' 김지오 작가의 속도감 있는 경기 장면과 선수들의 심리 묘사는 어떤 농구 만화보다도 더 생생하고 흥미진진해서 손에 땀을 쥐게 한다. – 〈독서신문〉
★아침독서 추천도서

42. 바닷속 태양 문미영 지음

• 인류가 바닷속에서 살아가는 미래를 배경으로 주인공 환희의 모험기가 흥미진진하게 펼쳐진다. – 〈소년한국일보〉
• 블록버스터 영화 같은 거대한 스케일과 오염된 육지에 쫓겨나다시피 한 인류의 '디스토피아'적 세계관이 흥미롭다. – 〈독서신문〉
★아침독서 추천도서
★한국출판문화산업진흥원 선정 세종도서

44. 수상한 전학생 김민정 지음

• 제12회 푸른문학상 수상작이다. '왕따 방지 로봇'을 등장시키는 SF소설 형식으로 이야기를 풀어냈다. – 〈북데일리〉
• 왕따 가해자와 피해자의 상황을 객관적인 시선으로 바라보는 것이 특징이다. 학교 내 따돌림 문제를 해결하는 과정에 초점을 맞춘 책. – 〈소년조선일보〉
★제9회 푸른문학상 수상작 ★아침독서 추천도서
★한우리가 뽑은 좋은 책 ★한국출판문화산업진흥원 선정 세종도서

45. 우정의 규칙 정복현 지음

• 현직 초등학교 교사가 소외된 아이들의 고민과 속내를 생생하게 그리고 보듬는다. – 〈국민일보〉
• 친구들 사이에 편입되지 못한 채 소외된 아이들의 실질적 고민과 심리를 숨김없이 섬세하게 그려낸 장편동화. – 〈세계일보〉
★초등학교 〈국어〉 교사용지도서 수록 ★경기도교육청 추천도서
★국립중앙도서관 사서 추천도서
★학교도서관사서협의회 추천도서

46. 두 얼굴의 여친 박현정 외 4인 지음

• 12회를 맞이한 푸른문학상 '새로운 작가상' 부문에 응모된 중·단편동화 566편 중 가장 우수한 작품 4편을 한데 모아 동화집으로 출간했다. 역대 수상작가의 신작 2편도 초대해 더욱 다채로운 작품을 맛볼 수 있다. – 〈독서신문〉

★제12회 푸른문학상 수상작

49. 천년 여우 강숙인 지음

오랫동안 우리 역사와 고전에 대해 애정을 가지고 뛰어난 역사동화를 써 온 강숙인 작가가 〈여우 누이〉 설화를 새로운 시각으로 그려냈다. 구미호와 인간과의 교감을 다룬 이 동화는 단순한 권선징악에서 한 발짝 더 나아가 나와 다른 존재에 대한 관용과 화해를 일깨워 준다.

★윤석중문학상 수상 작가

50. 불량 암행어사 허신행 유순희 지음

명문가에서 태어나 고생을 모르는 허신행은 고된 길을 떠나야 하는 암행어사가 된 자신의 신세가 원망스럽다. 하지만 불량 암행어사였던 그도 가난한 백성들의 슬픈 사연을 알게 되면서 서서히 마음의 변화를 경험한다. 신분과 세대를 뛰어넘는 휴머니즘을 보여주는 감동적인 역사동화가 펼쳐진다.

★초등학교 〈국어〉 교과서 수록 작가

51. 황금 계단 김봉수 지음

영어 교육 열풍이 불었던 조선 말기를 배경으로 한 장편동화로 성공과 출세가 삶의 목적이 된 지금 우리의 세태를 재치 있게 꼬집어 냈다. '조선 시대'와 '영어'라는 이색적인 조합이 주는 해학과 재미 속에서도 아이들의 천연한 꿈에 출세의 씨앗을 뿌리는 어른들의 모습은 가슴 뜨끔한 충격을 준다.

* 〈미래의 고전〉 시리즈는 계속 나옵니다

"……."

순희는 천천히 비닐하우스로 다가갔어요. 바람이 세게 불어 문이 조금씩 흔들렸어요. 순희는 조심스럽게 문을 열어젖혔어요. 그런데 갑자기 송아지만 한 검은 개가 튀어나왔어요. 송곳니가 튀어나오고 입가에는 침이 질질 흘러내렸어요. 검은 개는 튀어나오면서 맹렬하게 짖어 댔어요.

크아앙. 크크르렁.

뒤에 있던 혜순이가 소리쳤어요.

"도망가!"

순희의 몸이 덜덜 떨렸어요. 간신히 뛰었지만 돌부리에 넘어지고 말았어요. 빨리 일어나서 뛰어가고 싶었지만 발이 떨어지지 않았어요. 두 손으로 흙더미를 움켜쥐었어요. 개 짖는 소리가 크게 들려왔어요. 검은 개가 금방이라도 덮칠 것만 같았어요. 도망가려고 아무리 애써도 한 발짝도 움직일 수 없었어요. 순희는 간신히 기었어요. 눈에서, 코에서, 귀에서 뜨끈한 물이 흐르는 것 같았어요. 바지도 축축해졌어요. 순희는 자신이 약하고 약한 짐승 같았어요.

혜순이가 순희에게 다가와 몸을 감싸 주었어요.

"아저씨가 개 끈을 잡고 있어. 그러니 이제 괜찮아."

곧이어 어떤 아저씨의 목소리가 들려왔어요.

"어서 내려가라."

아저씨는 개를 끌고 돌아갔어요. 그런데 순희는 일어나지 못했어요. 혜순이가 순희를 일으켜 세웠어요. 순희는 혜순이의 품에 풀처럼 쓰러졌어요. 바람은 무섭게 회오리치고 하늘은 높기만 했어요. B지구 꼭대기의 집들은 어두운데도 불을 켜지 않았어요.

혜순이는 순희를 업었어요.

"이제 그만 가자."

순희도 고개를 끄덕였어요. 순희는 혜순이의 등에 업혀 어깨를 꼭 잡았어요.

"아무래도 여기는 정훈이네 집이 아닌가 봐."

혜순이가 순희를 다독이며 말했어요.

"다른 동네로 가 볼까?"

순희는 대답하지 않았어요. 그러나 속으로 말했지요.

'아니야. 장미 연립은 없어……. 저번에도 그랬어. 저번에도 약속했는데 나오지 않았어……. 그냥 해 본 말일 거야. 이제 그만 생각할래. 그만 생각할래…….'

우물

　순희는 혜순이랑 동네 아이들이랑 산으로 밤을 주우러 갔어요. 그런데 아이들이 밤나무 주인이 들어가지 못하게 막아 놓은 철조망 너머로 몰래 들어갔어요. 순희는 밤나무 주인한테 들킬까 봐 철조망을 넘어가지 못하고 서성거리다가 혼자 내려왔어요. 그러다가 예전에 동네 사람들이 사용했던 우물이 있는 곳까지 오게 되었어요. 우물 속은 흙으로 메워져 있었어요. 근처에는 잡목과 강아지풀과 세 잎 클로버가 잔뜩 피어 있었어요.

　예전에는 사람들이 우물에서 물을 받아 가려고 이른 아침부터 물지게를 지고 다녔어요. 순희도 물지게를 지고 우물로 가는 아버지나 언니를 따라다녔지요.

　그때마다 순희는 우물 속에 얼굴을 들이밀었어요. 맑은 우물은 동굴처럼 어둡고 깊었어요. 우물은 보아도 보아도 신기했어요. 물을 퍼내도 퍼내도 물이 샘솟았으니까요.

순희는 우물 속으로 손을 뻗었어요. 우물 안쪽의 푸른 이끼들이 손에 닿았어요. 미끌미끌해요. 손이 달강달강 흔들려요. 우물 속에 얼굴이 빤히 비쳐요. 갈매기 모양의 눈썹, 낮은 콧등, 동그란 콧구멍, 만두 같은 입술, 새하얀 이, 나뭇잎으로도 가려지는 작은 얼굴……. 아무리 자세히 보아도 악어나 사자처럼 날카롭고 뾰족한 이는 없어요. 기린처럼 목도 길지 않고요. 사슴처럼 뿔도 달리지 않았죠. 하마처럼 머리가 커다랗지도 않고 나비처럼 아름다운 날개도 없어요.

순희는 우물에 비친 자기 얼굴에게 물었어요.

'넌 왜 그렇게 생겼니?'

우물 속의 순희는 대답하지 않았어요. 물결 때문에 얼굴이 흔들리다가 다시 고요해졌어요. 순희는 우물 속으로 얼굴을 더 들이밀었어요. 까치발을 하고 허리를 더 굽혀 우물 안으로 고개를 숙였어요. 어깨와 등에 조금만 힘을 빼면 두레박처럼 우물 속으로 좌르륵 끌려갈 거예요. 순간 너무나 무서웠어요. 우물에 빠져 죽을지도 모르니까요. 죽는 것도 무섭지만 죽은 다음에 무슨 일이 일어날지 몰라서 더 무서웠어요. 순희는 양손으로 우물을 꽉 잡고 뒤로 물러섰어요.

집에 수도가 생기면서 우물을 찾는 사람은 줄어들었어요. 그래도 우물은 메워지지 않았어요. 그런데 어떤 아이가 우물 속에 떨어져 죽었다는 소문이 퍼졌어요. 그래서 어른들은 흙으로 우물 속을 메웠지요.

"순희야!"

누군가 등을 탁 쳤어요. 고개를 돌리니까 혜순이가 서 있었어요.

"여기 있었구나. 우리, 미용실 아줌마한테 가자. 머리 깎아 준대, 공짜로."

"공짜로? 미용실 아줌마는 할머니 할아버지들만 공짜로 깎아 주잖아."

"오늘은 아이들도 깎아 준대……. 미용실 아줌마 떠난대. 집이 철거되거든."

혜순이가 말했어요. B지구 집들이 모두 철거되고 아파트가 생긴다는 소문은 사실이었어요. B지구 사람들은 정부에서 주는 이주금을 받고 하나둘 떠났어요.

순희와 혜순이는 B지구에 딱 하나밖에 없는 미용실로 갔어요. '해바라기 미용실'이에요. 미용실에 가니까 아줌마는 노할머니 머리를 깎고 있었어요. 노할머니는 B지구에서 가장 나이가 많아요. 백 살 가까이 된다고 했어요. 그래서 동네 사람들은 노할머니만 지나가면 수군거려요. 너무 오래 살아서 일흔이 넘은 며느리만 고생한다고요.

"아이고, 노인네가 진짜 오래 살아. 며칠 전에도 그런 일이 있었대. 아무 기척이 없어서 돌아가셨다고 생각했다는 거야. 그런데 그날 밤에 일어나서 닭 한 마리를 통째로 잡쉈다잖아. 그리고 며칠 전에는 증손녀가 하드를 입에 갖다 대 주었더니 누워서도 그것을 다 빨아 드셨다잖아……. 요양원은 비싸서 못 보내고…… 일흔 넘은 며느리만 고생이지, 뭐."

동네 사람들은 노할머니를 싫어했어요. 하지만 미용실 아줌마는 싫어하지 않았지요.

노할머니는 의자에 앉아 있었는데 비스킷을 잇몸으로 갉아먹고 있었어요. 꼭 쭈글쭈글한 애벌레 같았어요. 얼굴, 목, 손, 발목까지 주름이 가지 않은 곳이 없어요. 눈도 어찌나 가는지 눈을 감고 있는 건지 뜨고 있는 건지 구분이 잘 안 돼요. 게다가 밀가루를 뒤집어쓴 것 같은 하얀 얼굴에는 큼직큼직한 검버섯이 도장처럼 찍혀 있고요. 그런 노할머니의 모습은 너무 늙어서 생각하는 것도 잊고, 누군가를 좋아하는 것도 잊고, 화나는 것도 잊고, 기쁜 것도 잊고, 자다가 일어났을 때 아무도 없으면 무서워지는 기분 같은 것도 잊어버리고 사는 것만 같아요.

그런 노할머니가 유일하게 집 밖으로 나오는 날은 미용실로 머리를 깎으러 오는 날뿐이에요.

노할머니의 머리카락은 듬성듬성 있어요. 그런데 미용실 아줌마는 숱이 많은 머리카락을 빗듯 천천히 쓸어내린 다음 왼쪽과 오른쪽을 비교해 가며 은빛 가위로 머리카락을 잘랐어요. 그다음엔 앞머리가 눈을 찌르지 않도록 짧게 다듬고 마지막에는 촘촘한 갈색 빗으로 정성스럽게 쓸어내렸어요.

미용실 아줌마는 노할머니의 귀에 대고 크게 소리쳤어요.

"노할머니, 제가 이사를 가거든요. 이제 다음 달부터는 다른 분한테 부탁하세요!"

노할머니는 무슨 말인지 모르는 것 같았어요. 노할머니는 안주머니에 깊이 손을 찔러 넣어 돈을 꺼내 미용실 아줌마에게 주었어요. 머리카락을 깎은 값이에요. 그런데 아줌마는 그 돈을 노할머니의 주머니에 다시 넣었어요. 아줌마는 노할머니를 부축해서 집까지 모셔다 드리고 다시 미용실로 돌아왔어요.

"아줌마, 정말 떠나?"

혜순이가 눈을 동그랗게 뜨고 물었어요. 아줌마는 혜순이와 순희의 얼굴을 찬찬히 들여다보다가 사탕을 손에 쥐여 주고 가만히 웃었어요. 순희는 아줌마의 눈을 바라보았어요.

아줌마의 눈은 깊은 우물을 닮았어요.

"아줌마, 어디로 가?"

혜순이가 또 물었어요.

"멀리…… 지방으로……. 노인들만 사는 복지관으로……."

혜순이와 순희는 고개를 갸우뚱거렸어요. 왜 아줌마가 그곳으로 가는지 잘 모르겠어요. B지구 사람들은 미용실 아줌마에 대해 잘 알고 있어요. 미용실 아줌마는 서른일곱에 남편이 죽고 아이 셋을 혼자 키웠어요. 과부에게는 자식들이 꿈이고 희망이라고 여기며 열심히 살았는데 가장 아꼈던 맏아들이 몇 년 전에 병으로 죽었어요. 그때 미용실 아줌마는 미용실 문을 닫고 몇 달 동안 집에서 누워 있기만 했어요. 그러다가 어느 날부터 기도하는 소리가 들려왔어요. 그 기도 소리는 바다에서 사납게 요동치는 폭풍 같았어요. 마치 누군가와 싸우듯이 소리를 질러 댔거든요. 그때 혜순이가 그랬어요. 아줌마는 예수님과 싸운다고요.

몇 달이 지난 뒤에 아줌마는 예전처럼 사람들의 머리를 깎아 주었어요. 그런데 아줌마의 얼굴이 조금 달라져 있었어요. 우물 위를 떠다니는 작은 나뭇잎처럼 얼굴에 웃음이 떠다녔어요. 아무도 그 이유를 알 수 없었어요. 그러더니 노인들에게는 머리를 공짜로 깎아 주기 시작했어요. 그리고 동네 아이들이 오면 반겨 주고, 안아 주고, 늘 먹을 것을 나눠 주었어요. 순희는 그런 미용실 아줌마가 엄마였으면 좋겠다고 생각했어요. 그러나 한 번도 그런 말을 해 본 적은 없어요.

"왜 가야 해요? 예수님이 가래요?"

순희가 아줌마에게 물었어요.

"세월이 너무 많이 흘렀어……. 이제는 하려고…… 그 일이 기쁘기도 하고."

순희는 아줌마의 얼굴을 빤히 보았어요. 정말 세월이 많이 흐른 것 같기는 해요. 아줌마의 머리카락은 희끗희끗하고 힘이 없어 푸석거렸어요. 눈가에 주름도 깊었고요. 그러다가 아줌마의 팔등에 오십 원짜리 동전보다 작은 동그라미가 패어 있는 걸 보았어요.

"어, 이게 뭐예요?"

순희가 아줌마의 팔등을 가리켰어요.

"마맛자국이란다. 병을 앓았어. 몸 군데군데 있단다."

순희는 동그랗게 팬 마맛자국을 오랫동안 바라보았어요. 아줌마의 몸에 우물이 패어 있는 것 같았어요. 어쩌면 아줌마의 마음에는 몸에 찍힌 우물보다 더 많은 우물들이 있을지도 몰라요. 마치 하늘에 박힌 별처럼요. 아줌마의 영혼에 수백, 수천 개의 우물이 패어 있고 그 우물마다 마르지 않는 눈물이 가득 고여 있을 거예요.

아줌마가 그랬어요. 밤마다 기도하면서 눈물을 다 흘려보내는데 다시 새로운 눈물이 고인다고요. 눈물이 고이면 그 눈물을 흘려보내야 한대요. 눈물을 몸 밖으로 흘려보내지 않고는 견딜 수가 없다고 했어요. 눈물을 흘려보내는 방법이 외롭고 가난한 할머니, 할아버지들의 머리카락을 깎아 주는 일이래요.

다음 날, 미용실 아줌마는 아무에게도 인사하지 않고 B지구를 떠났어요.

종이비행기

겨울이 시작되었어요.

미용실 앞 버려진 나무 의자에 노할머니가 앉아 있었어요. 미용실 아줌마를 기다리는 눈치였어요. 순희는 살금살금 노할머니에게 다가갔어요.

"노할머니, 들어가세요. 추워요!"

순희가 노할머니의 귀에 대고 소리쳤어요. 그런데 노할머니는 꿈쩍도 하지 않았어요.

"머리 깎아 줘."

"미용실 아줌마는 떠났어요!"

노할머니는 오물거리며 말했어요.

"머리 깎아 줘."

"머리요?"

노할머니는 순희에게 졸랐어요. 순희는 잠깐 생각했어요. 노할머니는 머리카락이 별로 없어요. 가방에서 미술 시간에 썼던 가위를 꺼냈어요. 순희는 은빛 가위를 들고 노할머니의 뒷머리를 조금 깎았어요. 노할머니의 머리카락은 너무 하얘서 머리카락 같지 않았어요. 한 줄기, 한 줄기 빛 같아요. 마치 가위로 빛을 자르는 것 같았지요. 샤샥샥, 샤샥샥. 빛들이 마당에 떨어졌어요. 순희의 손등에 노할머니의 목덜미가 살짝살짝 스쳤어요. 한 번도 맡아 본 적이 없는 냄새가 나요. 된장 냄새보다 더 구린 냄새예요. 할머니의 몸은 세월이 먼지처럼 쌓이고 쌓인 오래된 창고 같아요.

"노할머니, 이제 앞머리 자를게요. 앞머리요!"

신이 난 순희는 노할머니의 귀에 대고 외쳤어요.

노할머니는 고개를 끄덕였어요.

"할머니, 고개 드셔야 돼요. 고개!"

순희는 노할머니의 턱을 손으로 올렸어요. 눈을 꾹 감고 고개를 든 노할머니의 얼굴은 조막만 한 감자 같아요. 순희는 노할머니의 앞머리를 반듯이 잘랐어요. 그런데 깎고 보니 오른쪽이 왼쪽보다 더 짧아졌어요. 순희는 왼쪽 머리카락을 잘랐어요. 이번에는 오른쪽보다 더 짧아졌어요. 노할머니의 앞머리는 거의 남지 않았어요. 노할머니는 한 톨의 좁쌀처럼 변했어요.

'어떡하지!'

너무나 걱정이 되었어요. 그런데 노할머니가 순희의 손을 꼭 잡았어요.

"머리 깎아 주는 게 제일 좋아……."

노할머니의 손은 거칠었어요. 하지만 봄볕에 달구어진 담벼락에 몸을 기대면 따스해지는 것처럼 노할머니의 손에서 느껴지는 온기가 온몸 구석구석으로 퍼졌어요.

"머리 깎아 줘."

노할머니가 간절하게 말했어요.

"예쁘게 깎아 드릴게요."

순희는 신 나게 소리치고 뒷머리를 자르기 시작했어요. 비죽비죽하게 튀어나온 흰 머리카락을 싹둑싹둑 자를 때마다 가슴이 시원해졌어요. 그때 손등으로 뭔가 툭 떨어졌어요. 흰 눈송이였어요. 흰 눈송이는 손등에 앉더니 스르르 녹아 버렸어요. 순희는 하늘을 올려다보았어요. 눈이 바람과 엉켜 흩날리고 있었어요. 마음이 흔들렸어요.

"노할머니 첫눈이에요, 첫눈!"

노할머니는 하늘을 잠깐 쳐다보았어요. 그러고는 순희의 손을 꼭 쥐고 아주 작게 소곤거렸어요. 너무 작아서 귀에 잘 들리지 않았어요. 하지만 순희는 알아들었다는 듯 할머니의 손을 잡았어요. 할머니는 고개를 끄덕끄덕했어요.

아마 처음일 거예요. 그런 기쁨은요. 맛있는 것을 먹을 때 와는 다른 기쁨이었어요. 정훈이를 생각할 때마다 느껴지는 기쁨과도 달랐어요.

문득 아버지가 떠올랐어요. 아버지는 가끔 고통스럽게 말했어요. 늘그막에 너를 왜 낳았는지 모르겠다고요. 그때마다 순희는 풀이 죽어 땅만 보았어요. 아버지에게 해 줄 수 있는 말이 없어서요. 순희도 알고 있어요. 아버지는 자신을 힘겹게 이고 가는 달팽이라는 것을요. 그런데도 아버지를 떠날 생각은 꿈도 꾸지 못했어요. 아버지의 등을 떠나면 살 수 없을 것 같았어요.

그런데 머리카락을 깎아 주면서 생기는 기쁨은 용기까지 만들어 주었어요. 좀 더 크면 아버지의 몸에서 내려올 수 있을 것 같은 용기 말이에요. 왜 갑자기 그런 생각이 든 걸까요? 노할머니의 머리카락을 조금 잘라 주었을 뿐인데요. 갑자기 아버지보다 더 커진 것 같은 기분이 드는 건 왜일까요? 노할머니의 손을 잠시 잡아 준 것뿐인데요.

그날 밤, 노할머니는 주무시듯 돌아가셨어요. 동네 사람들은 슬퍼하지 않았어요. 노할머니가 너무 오래 살았다는 말만 했어요. 가족들도 지쳐 보일 뿐 눈물을 흘리지 않았어요.

순희는 학교를 오가면서 미용실 앞에 놓여 있는 나무 의자를 봤어요. 노할머니가 그립거나 보고 싶은 건 아니에요. 그냥 누군가의 머리카락을 잘라 주고 싶었을 뿐이에요.

B지구 사람들은 대부분 떠났어요. 사람들이 떠난 곳에는 집만 남았어요. 철거반 아저씨들은 벽과 대문에 붉은 펜으로 숫자들을 휘갈겨 놓았어요.

순희네도 이사 갈 날이 되었어요. 이사 갈 곳은 아랫동네예요. 그곳은 이미 새 아파트가 세워져 있었어요. 다른 집들은 새 장롱과 가구들을 샀지만 순희네는 책상만 버렸을 뿐이에요. 아버지가 십 년째 쓰고 있는 갈색 장롱을 새 집으로 가져가려고 하자 새엄마는 투덜거렸고, 새엄마가 초록 소파를 새 집으로 가져간다고 하자 아버지는 버럭 화를 냈어요. 결국 갈색 장롱도, 초록 소파도 새 집으로 들어가게 되었어요.

순희네는 작은 아파트로 이사 갔어요. 아파트는 반듯반듯하고 깨끗했어요. 무엇보다 새 책상과 새 의자를 들여놓은 작은 방이 마음에 들었어요. 그런데 시간이 흐르면서 자꾸만 예전에 살던 집이 떠올랐어요. 뭔가를 두고 온 것처럼 마음에 걸렸어요.

새엄마는 물혹을 없애는 수술을 받았어요. 무릎을 꿇고 일을 너무 많이 해서 생긴 혹이래요. 새엄마는 제대로 걷지도 못했어요. 그래서 순희가 청소도 하고 전기밥솥에 쌀도 씻어 놓았어요.

새엄마는 초록 소파에 누워 멀리 창밖을 내다보았어요. 가끔씩 다리가 아픈지 끙끙 신음 소리를 냈어요. 순희는 새엄마의 신음 소리가 마음에 걸려 초록 소파 쪽으로 갔어요.

"다리 좀 주물러 드려요?"

새엄마는 아무 말도 하지 않았어요. 순희는 두 손으로 새엄마의 다리를 살살 주물렀어요. 새엄마의 다리는 물기가 말라 버린 무 같아요. 잔털도 없고 힘도 없어요.

"……네 손 참 시원하다. 작은데도 힘은 있네."

"잘 있어요, 태양이는……?"

순희는 조심스럽게 물어보았어요. 보육원에 돌아간 이후 태양이는 편지 한 통 없었어요. 전화도 하지 않았어요. 그동안 태양이의 소식이 궁금했지만 차마 물을 수 없었어요. 새엄마는 한참 만에 대답했어요.

"음…… 다른 곳으로 갔어……."

새엄마는 그 말만 하고 돌아누웠어요. 어느새 새엄마가 코를 골았어요.

순희는 작은 방으로 갔어요. 그리고 창문을 쳐다보았어요.

창문은 쇠창살로 막혀 있었어요. 하늘이 조각나 보였어요.

순희는 집 밖으로 나가 예전에 살던 B지구를 보았어요. B지구가 워낙 높은 곳에 있어서 아주 잘 보였어요. 커다란 굴착기와 레미콘 트럭들이 B지구로 올라가고 있었어요. 철거반 아저씨들은 커다란 쇠막대기를 들고 벽과 대문을 부수었어요. 그다음엔 굴착기가 집을 밀어 버렸어요. 집들이 부서지는 소리가 순희한테까지 들려왔어요.

순희는 B지구로 올라갔어요. B지구로 들어가는 입구에 서 있던 감나무가 잘려 있었어요. 남아 있는 건 밑동뿐이에요. 그 감나무는 해 질 녘 집으로 돌아오는 동네 사람들의 쉼터였어요. 아줌마들은 무거운 짐을 내려놓고 잠깐 그곳에 앉아서 바람을 쐬었어요. 아저씨들도 쪼그려 앉아 담배를 피워 물었지요.

그 감나무는 백 년도 넘게 살았어요. 워낙 늙은 감나무여서 크고 작은 생채기와 구멍들이 수없이 나 있었어요. 개미들이 그 구멍을 통해 들락날락했어요. 가지도 비쩍 말라비틀어졌어요. 하지만 봄이 되면 가지에 파란 움이 트고 가을이 되면 주황색 감도 열렸어요. 동네 사람들은 말은 하지 않았지만 그런 감나무를 부러워했어요. 아마도 감나무를 보면서 끈질긴 생명력을 닮고 싶었을 거예요.

순희는 감나무를 지나 옛집으로 갔어요. 조금씩 날이 어두워지고 있었어요. 혜순이네 집 앞에 철이 오빠가 목발을 짚고 서 있었어요. 혜순이네는 식구가 너무 많아서 다른 가족은 모두 떠나고 혜순이 엄마와 철이 오빠만 남았어요.

"철이 오빠!"

순희는 반가워서 철이 오빠에게 달려갔어요. 철이 오빠도 순희를 보더니 헤벌쭉 웃었어요. 철이 오빠는 목발을 짚고 있기는 했지만 다리를 땅에 단단히 붙이지는 못했어요. 특히 왼쪽 발은 오징어 다리처럼 흐느적거렸지요. 하지만 연습을 꾸준히 해서 목발을 짚고 조금은 걸을 수 있게 되었어요.

"오빠는 언제 가? 이제 아무도 안 남았을 텐데."

오빠는 엉뚱하게 대답했어요.

"나 연쏩패."

오빠의 얼굴에는 뿌듯함이 어려 있었어요. 순희는 고개를 끄덕이면서 철이 오빠에게 손을 흔들었어요. 그리고 좁은 골목으로 들어갔어요. 골목에 있던 집들은 무너지고 깨졌어요. 옛 골목은 유령 도시 같았어요. 다시 내려가고 싶은 마음이 들 정도로 무서웠지만 참고 걸었어요.

어느새 예전에 살던 집 앞에 닿았어요. 나무 대문은 없어졌어요. 마루도 찌그러져 있었고 방문도 날아가 버렸어요.

지붕에는 커다란 구멍이 뚫려 하늘이 죄다 보였지요. 처음엔 잘못 찾아온 줄 알았어요. 그런데 마당에 쌓여 있는 쓰레기 더미를 보니 순희네 집이 틀림없었어요. 자기가 쓰던 공책, 아버지의 낡은 연장 가방, 녹슨 다리미…… 모두 그대로예요.

순희는 천천히 안방에서 작은 방으로, 작은 방에서 마루로 빙글빙글 돌아다녔어요. 집이 참 작아요. 어떻게 이런 집에서 살았을까요? 갑자기 고약한 냄새가 코를 찔렀어요. 버려진 물건들이 썩어 가는 냄새였어요. 순희는 코를 움켜쥐었어요. 그때 창문으로 시꺼먼 들고양이 한 마리가 풀쩍 뛰어올라 앉았어요.

"악!"

순희가 비명을 지르자 들고양이는 순희를 뚫어지게 보고는 사뿐히 뛰어내렸어요. 바람이 휘이이익 지나갔어요. 지붕도 뚫려 있고, 대문도 없고, 벽도 허물어져 버려서 그 무엇도 바람을 막아 주지 못했어요. 사방으로 차가운 바람이 불어닥쳤어요. 그 바람을 타고 어디선가 종이비행기가 날아왔어요. 순희는 종이비행기를 펼쳐 보았어요. 그 순간 순희는 너무 놀라 가슴이 터질 것만 같았어요.

그것은 정훈이가 보낸 편지였어요!

공터에 못 가서 미안해. 엄마가 다리 수술을 했어. 세 번째 수술이야. 마취에서 깨어나면 꼭 나를 찾아서…….

그리고 너 아프게 해서 미안해. 다시는 그런 비겁한 짓 안 할게.

정훈이는 편지를 비행기 모양으로 접어서 대문 안으로 날려 보냈던 거예요. 순희는 정훈이가 보낸 종이비행기가 또 있을 것 같아서 보물찾기를 하듯 쓰레기 더미를 이리저리 뒤졌어요.

그러다가 대문 끝에 꽂힌 파란 종이비행기를 발견했어요. 순희는 종이비행기를 펴 보았어요. 종이비행기에는 지도가 그려져 있었어요. 정훈이가 연필로 그린 지도예요. 순희가 그토록 찾고 싶었던 '장미 연립'이었어요.

그런데 그 지도 속의 장미 연립은 순희가 한 번도 가 보지 못한 동네였어요. 정훈이는 붉은색 크레파스로 크게 장미 연립을 그려 놓았어요. 그리고 그 아래 이렇게 썼어요.

여기가 장미 연립이야. 장미 연립을 찾으려면 33번 버스를 타고 양지 병원 앞에서 내려야 해. 네가 오길 기다릴게……. 내

방에는 커다란 창문이 있어. 그 창문을 열면 밖이 훤히 보여.

　순희는 종이비행기를 손에 쥔 채 그대로 서 있었어요. 그런데 뒤에서 어떤 아저씨의 목소리가 들려왔어요.
　"꼬마야, 너 혼자 뭐 하고 있니? 집을 부술 거다. 빨리 나와라."
　순희가 골목 끝을 보니 굴착기가 서 있고 철거반 아저씨들이 모여 있었어요. 순희는 머뭇거리다가 집 밖으로 나왔어요.
　"저리 비켜!"
　털북숭이 아저씨가 소리쳤어요.
　순희가 집을 빠져나오자마자 굴착기가 돌진하더니 집을 덮쳤어요. 그 순간 순희는 저도 모르게 뒤를 돌아보았어요. 간신히 벽으로만 버티고 있던 순희네 집이 와르르 소리를 내며 주저앉았어요. 순희도 털썩 주저앉았어요.
　엄마가 하얀 차에 실려 갔던 날이 떠올랐어요. 아버지는 순희만 집에 남겨 놓고 하얀 차를 타고 화장터로 갔어요. 아버지는 늦게 돌아와 담장 벽에 이마를 찧으며 울었어요. 그때 순희는 어렴풋이 깨달았어요. 아무리 간절히 원해도 잡을 수 없는 게 있다는 것을요. 바람을 붙잡고 싶은데 잡히지 않는 것처럼요. 순희네 집도 엄마나 정훈이처럼 사라져 버린 거예요. 찾고 싶어도 찾을 수 없는 곳으로 가 버린 거지요.

순희는 일어나서 손에 꼭 쥐고 있던 종이비행기를 힘껏 날렸어요. 그리고 앞만 보고 뛰기 시작했어요. 가슴이 쿵쾅거리고 숨이 목까지 차올라 심장이 터질 것 같은데도 멈추지 않았어요. 그리고 순희는 눈을 감고 상상했어요.

장미 덩굴이 온 집을 덮은 집.
바람개비처럼 장미 향기가 돌고 도는 집.
순희네 집.

우리 모두는 누군가의 '집'입니다

가끔 꾸는 꿈이 있습니다.

아득한 어둠 속에 웅크리고 있는 작은 집. 그 집엔 빛이라고는 전혀 찾아볼 수 없습니다. 그럼에도 봄날의 햇살처럼 따뜻한 기운이 흐르고 있습니다. 그곳에 바로 아버지가 있기 때문입니다. 아버지의 얼굴도, 목소리도 들리지 않지만 아버지는 집 어딘가에 머물러 있고 저 또한 집에 머물러 있다는 느낌이 선명합니다. 비록 꿈속이지만 지금은 이 세상에 없는 집이라 슬픔이 밀려옵니다.

그 집이 바로 '순희네 집'입니다. 순희네 집은 일곱 평밖에 되지 않는 아주 작은 집입니다. 그래도 그 작은 집에 방 둘, 창문 둘, 부엌, 마당, 마루, 다락, 옥상까지 있습니다. 그 집에서 나는 늙은 아버지와 단둘이 살았습니다. 엄마는 내가 아주 어릴 적에 하늘나라로 떠났고 오빠와 언니들은 뿔뿔이 흩어졌습니다.

나는 늙은 아버지의 애틋한 사랑을 받으며 자랐습니다. 하지만 그런 사랑 속에서도 죽은 엄마는 어디로 갔을까, 나는 왜 기린이나 사슴이 아닌 인간으로 태어났을까, 의문을 품기 시작했고 그 의문을 풀고 싶어서 책을 읽고 글을 쓰기 시작했습니다.

세월이 흘러 '순희네 집'은 다 허물어지고 그 자리에 아파트가 세워졌습니다. 그리고 아버지도 엄마 곁으로 갔고 나는 어느덧 두 딸의 엄마가 되었습니다. 이제 순희네 집은 제 가슴속에 오직 그리움으로 남아 있습니다.

이 자리를 빌려 최선을 다해 삶을 살아가는 오빠와 언니들에게 막내라는 이유로 늘 받기만 했던 사랑에 미안하고 고맙다는 말을 전하고 싶습니다. 그리고 『순희네 집』이 오롯이 세상에 나올 수 있도록 길을 열어 준 푸른책들 신형건 대표님께 진심으로 감사드립니다.

『순희네 집』은 '제14회 MBC 창작동화대상 수상작' 공모에

뽑혔던 작품으로 몇 년을 두고 묵히면서 새롭게 다듬어 청소년소설로 펴낸 것입니다. 이 이야기를 다시 쓰면서 참 많이 울었습니다. 나라는 작은 존재가 이 세상에 떨어져 겪었던 슬픔을 곱씹으며 지난날을 돌아보았습니다.

이 글을 읽는 여러분들 또한 성장의 고통을 겪고 있으리라 생각됩니다. 하지만 슬픔이 슬픔으로, 아픔이 아픔만으로 끝나지 않음을 기억해 주었으면 좋겠습니다. 여러분들이 겪는 슬픔과 아픔이 다른 이들의 삶을 끌어안고 함께 울 수 있는 넉넉한 집이 되길 소망합니다. 그리고 이 보잘것없는 나의 이야기가 그러한 마음을 품을 수 있도록 도와주는 아주 작은 씨앗이 되었으면 좋겠습니다.

주를 의지하며

유순희

유순희

1969년 서울에서 태어났으며 서울예술대학교 문예창작과를 졸업했다. 2006년 MBC 창작동화대상에 장편동화 『순희네 집』이 당선되었다. 2010년 장편동화 『지우개 따먹기 법칙』으로 제8회 푸른문학상 '새로운 작가상'을 수상했으며 이 작품은 초등학교 〈국어〉 교과서에 수록되었다. 지은 책으로 『지우개 따먹기 법칙』, 『우주 호텔』, 『열세 번째 공주』, 『진짜 백설 공주는 누구인가』, 『순희네 집』 등이 있다.

푸른도서관

푸른도서관은 '10대에서 20대까지' 눈부신 성장을 거듭하는
'푸른 세대'를 위한 본격 문학 시리즈입니다.
이금이 작가의 대표작인 『유진과 유진』을 비롯하여
푸른문학상 수상작 『쥐를 잡자』, 『외톨이』 등
당대 청소년들의 현실을 생생하게 반영한 성장소설과
『화랑 바도루』, 『에네껜 아이들』 등 다양한 시대상을 반영한
역사소설 그리고 판타지와 청소년시집에 이르기까지
국내 작가들이 공들여 창작한 흥미롭고 감동적인 작품들을
푸른도서관에서 더 만나 보세요!

1. 뢰제의 나라 강숙인 지음
교통사고로 가사 상태에 빠진 열두 살 소년이 저승사자의 손에 이끌려 저승인 '뢰제의 나라'를 여행하면서 벌어지는 모험담을 담은 판타지소설.
★ 윤석중문학상 수상작   ★ 동화읽는가족 추천도서

2. 아버지가 없는 나라로 가고 싶다 이규희 지음
아픈 결핍의 가족사를 벗어던지고 마침내 더 너른 세상을 향해 나아가는 소녀를 통해 성장의 의미를 곰곰이 곱씹게 해 주는 가슴 뭉클한 성장소설.
★ 세종아동문학상 수상작가

3. 까망머리 주디 손연자 지음
좋아하는 남학생에게 외모에 대한 조롱 섞인 말을 듣고, 입양아인 자신이 미국 사회의 이방인이라는 사실을 깨닫는 사춘기 소녀 주디가 정체성을 찾아가는 이야기.
★ 책따세 추천도서   ★ 경기도학교도서관사서협의회 추천도서   ★ 부산광역시교육청 독서인증제 권장도서

4. 이삐 언니 강정님 지음
일제 강점기 말과 해방 공간을 시간적 배경으로 밤나무정 마을에 사는 '복이'라는 여자아이의 삶의 비밀을 하나하나 알아가는 과정을 그린 아름다운 연작소설집.
★ 서울시교육청 교과별 권장도서   ★ 한우리독서토론논술 필독도서   ★ 한국아동문예상 수상작

5. 너도 하늘말나리야 이금이 지음
미르와 소희, 바우는 각자의 상처를 속으로 감추고 괴로워하다 서로를 알아본다. 서로의 상처를 보듬어 주는 순간, 상처에는 새살이 돋고 아이들은 비로소 성장하게 된다.
★ 중학교 〈국어〉 교과서 수록   ★ 책따세 추천도서   ★ 〈중앙일보〉 좋은책 100선 선정도서

6. 내 이름엔 별이 있다 박윤규 지음
1970년대라는 한국 사회의 정치적·사회적 격동기를 배경으로 성장해 나가는 사춘기 소년의 삶을 통해 2000년대의 우리가 잊고 지냈던 '꿈'과 '희망'을 다시 한 번 환기시켜 준다.
★ 서울시립어린이도서관 추천도서

7. 토끼의 눈 강정규 지음
한국 전쟁을 배경으로 한 세 편의 이야기를 엮은 소설집. 작품 속에 총소리나 죽음은 등장하지 않지만, 천진한 아이들의 눈으로 바라본 전쟁이 숨이 막힐 듯 가깝게 다가온다.
★ 세종아동문학상 수상작   ★ 아침독서 청소년 추천도서

8. 화랑 바도루 강숙인 지음
부모님을 일찍 여읜 바도루가 김충현 장군 밑에서 생활하며 그의 자제인 경천과 함께 피나는 노력과 뜨거운 우정을 나누며 꿈에 그리던 화랑이 되는 이야기를 그린 본격 역사소설.
★ 동화읽는가족 추천도서

9. 유진과 유진 이금이 지음
어린 시절 함께 성추행을 당한 동명이인 '유진과 유진'의 각각 다른 성장 과정을 통해 청소년의 심리를 아주 세밀하게 보여 주는 이금이 작가의 청소년소설.
★ 책따세 추천도서   ★ 어린이도서연구회 청소년 권장도서   ★ 학교도서관저널 선정 성장소설 50선

10. 마사코의 질문 손연자 지음

일본인 소녀의 입으로 일본인의 죄를 묻는 이야기. 일제 강점기에 우리 민족이 겪은 온갖 수난을 생생하고 절실하게 그려 낸 9편의 작품이 실려 있다.

★ 세종아동문학상 수상작   ★ SBS 어린이미디어대상 수상작   ★ 한우리독서토론논술 필독도서

11. 아, 호동 왕자 강숙인 지음

비극적 사랑의 대명사 호동 왕자와 낙랑 공주. 그들이 정말 사랑하는 사이였는가에 대한 의문으로 시작된 역사소설. 우리가 알고 있던 이야기를 뒤집어 전혀 새로운 시각을 제시한다.

★ 한우리독서토론논술 필독도서   ★ 서울독서교육연구회 추천도서   ★ 책읽는교육사회실천협의회 추천도서

12. 길 위의 책 강 미 지음

'책'을 통해 자연스럽게 자신의 고민과 방황을 해결하고 상처를 치유해 나가는 여고생들의 이야기를 잔잔하게 그렸다. 청소년들을 위한 성장소설들이 '책 속의 책'으로 가득 담겨 있다.

★ 제3회 푸른문학상 수상작   ★ 책따세 추천도서   ★ 문화체육관광부 우수교양도서

13. 느티는 아프다 이용포 지음

'지금 여기'의 '가장 낮은 곳'을 이야기하는 성장소설. 독자들에게 이웃을 바라보는 시선을 바꾸고 존재의 소중함을 돌아볼 수 있는 시간을 마련해 준다.

★ 한국문화예술위원회 우수문학도서   ★ 평화박물관 선정 청소년 평화책

14. 발끝으로 서다 임정진 지음

베스트셀러 「행복은 성적순이 아니잖아요」의 임정진 작가가 펴낸 청소년소설. 낯선 땅으로 홀로 유학을 떠난 주인공을 통해 조기 유학생활의 어려움과 외로움을 절절하게 그렸다.

★ 책따세 추천도서

15. 마지막 왕자 강숙인 지음

역사의 그늘에 가려져 있던 인물이자 신라의 마지막 왕인 경순왕의 아들 마의태자를 주인공으로 한 역사소설로, 그의 새로운 영웅적 면모를 보여 준다.

★ 〈중앙일보〉 좋은책 100선 선정도서   ★ 어린이도서연구회 청소년 권장도서

16. 초원의 별 강숙인 지음

마의태자를 주인공으로 한 「마지막 왕자」의 후속작. 사라져 버린 나라를 그리워하던 주인공 새부가 광활한 만주 대륙에서 아버지의 꿈을 이루는 과정을 흥미진진하게 그리고 있다.

★ 동화읽는가족 추천도서

17. 주머니 속의 고래 이금이 지음

가슴속에 품고 있는 꿈을 찾기 위해 노력하는 열다섯 살 아이들에 대한 이야기이다. 저마다 꿈을 좇는 과정에서 실패와 좌절을 겪지만 다시 씩씩하게 일어나는 모습을 보여 준다.

★ 중학교 〈국어〉 교과서 수록   ★ 아침독서 청소년 추천도서   ★ 대한출판문화협회 올해의 청소년도서

18. 쥐를 잡자 임태희 지음

원치 않는 임신을 한 여고생의 이야기로 성에 대해 여전히 취약한 우리 청소년의 현실을 돌아보고 위험성을 인식하게 만든다. 동시에 대책 마련이 시급하다는 사실을 새삼 일깨운다.

★ 제4회 푸른문학상 수상작   ★ 아침독서 청소년 추천도서   ★ 어린이도서연구회 청소년 권장도서

19. 바람의 아이 한석청 지음
우리나라 아동청소년문학 최초로 발해를 소재로 한 장편역사소설. 고구려 멸망 뒤 옛 고구려 지역에 살던 이들의 비참한 삶과 나라를 되찾고자 하는 투쟁을 생생하게 그려 냈다.
★ 한우리독서토론논술 필독도서   ★ 책읽는교육사회실천협의회 추천도서

20. 베스트 프렌드 이경혜 외 지음
사춘기를 지나 성숙한 남녀로 성장하는 과정에 놓인 청소년들의 심리 변화를 섬세하게 그린 표제작을 비롯해 현실적인 청소년들의 한계와 모순을 그린 5편의 단편소설을 엮었다.
★ 어린이도서연구회 청소년 권장도서

21. 리남행 비행기 김현화 지음
봉수네 가족이 북한을 탈출해 리남행 비행기에 오르기까지의 여정이 긴장감 있게 그려져 있다. 온갖 역경 속에서도 인간애와 가족애를 잃지 않는 모습이 진한 감동을 선사한다.
★ 제5회 푸른문학상 수상작   ★ 책따세 추천도서   ★ 한국문화예술위원회 우수문학도서

22. 겨울, 블로그 강미 지음
자신만의 길을 찾아가는 청소년들이 종횡무진 활동하는 네 편의 작품을 담았다. 청소년들의 일상을 정확하고 섬세하게 묘사하여 그들이 나아갈 수 있는 길을 오롯이 보여 준다.
★ 문화체육관광부 우수교양도서   ★ 아침독서 청소년 추천도서   ★ 한국출판인회의 선정 이달의 책

23. 네가 하늘이다 이윤희 지음
1894년 동학 농민 운동을 배경으로 새로운 세상을 꿈꾸었지만 결국 이름조차 남기지 못하고 스러져 간 농민군의 이야기를 감동적으로 그려 낸 대하역사소설.
★ 아침독서 청소년 추천도서   ★ 한국어린이문화대상 수상작

24. 벼랑 이금이 지음
원조 교제, 첫 키스, 협박, 폭력……. 거친 현실의 이면에 감춰진 청소년들의 내면을 섬세하게 다루고 있는 이금이 작가의 연작청소년소설.
★ 한국문화예술위원회 우수문학도서   ★ 아침독서 청소년 추천도서   ★ 네이버 북리펀드 선정도서

25. 뚜깐뎐 이용포 지음
서기 2044년, 한국에서 영어 공용화 법안이 통과된 뒤 영어가 일상어로 자리를 잡은 때와 한글이 박해를 받던 연산군 시절을 오가며 현대인들에게 진지한 성찰의 기회를 제공한다.
★ 아침독서 청소년 추천도서   ★ 대한출판문화협회 올해의 청소년도서   ★ 〈중앙일보〉 선정 이달의 책

26. 천년별곡 박윤규 지음
천 년의 시간을 애증과 그리움으로 버틴 주목나무의 이야기를 절제된 감성으로 그린 작품. 시 형식을 차용한 소설인 '시소설'이란 신선한 장르에 애절한 정서를 잘 녹여 냈다.
★ 한우리가 선정한 좋은 책

27. 지귀, 선덕 여왕을 꿈꾸다 강숙인 지음
지귀 설화 속에 숨어 있는 선덕 여왕 이야기를 담은 역사소설. 지귀와 선덕 여왕, 김춘추와 김유신 등 시대의 격랑에 휘말린 이들의 삶과 사랑이 독자들의 가슴속에 파고든다.
★ 책따세 추천도서   ★ 네이버 북리펀드 선정도서   ★ 아침독서 청소년 추천도서

28. 청아 청아 예쁜 청아 강숙인 지음

〈심청전〉을 현대적으로 재해석한 소설. 새로운 시각의 심청과 서해 용왕 그리고 그의 아들을 등장시켜 '보이지 않는 사랑 이야기'를 통해 참다운 사랑의 의미를 되새기게 한다.
★ 한국출판인회의 선정 이달의 책 ★ 중앙독서교육 선정도서

29. 살리에르, 웃다 문부일 외 지음

'엄친아'와의 비교에 시달리며 자신을 '살리에르'라 믿는 청소년들에게 건네는 '꿈'에 관한 다섯 가지 이야기. 꿈을 향한 청소년들의 힘차고도 아름다운 몸부림이 담겼다.
★ 제6회 푸른문학상 수상작 ★ 아침독서 청소년 추천도서 ★ 경기도학교도서관사서협의회 추천도서

30. 사라지지 않는 노래 배봉기 지음

세계적 미스터리의 하나인 이스터 섬 모아이 석상의 비밀을 소재로 인간의 파괴적 욕망과 그것을 극복했을 때 찾을 수 있는 평화를 보여 준다.
★ 문화체육관광부 우수교양도서 ★ 네이버 북리펀드 선정도서 ★ 국립어린이청소년도서관 추천도서

31. 김홍도, 조선을 그리다 박지숙 지음

김홍도의 그림을 통해 그의 삶을 다룬 연작으로, 작가 특유의 상상력과 깊이 있는 통찰력으로 '인간 김홍도'의 삶을 생생하게 되살려내 본격 역사소설이다.
★ 문화체육관광부 우수교양도서 ★ 〈소년조선일보〉 추천도서 ★ 아침독서 청소년 추천도서

32. 새가 날아든다 강정규 지음

한국 전쟁을 직접 경험한 세대가 전쟁과 분단과 이산이라는 문제를 다른 시각에서 조명한 작품. 역사의 굴곡을 넘어 당대의 사람들이 더불어 살아가는 이야기를 일곱 편의 소설에 담았다.
★ 아침독서 청소년 추천도서

33. 에네껜 아이들 문영숙 지음

구한말 멕시코의 낯선 농장으로 이주한 조선 사람들이 노예처럼 일하며 온갖 고난과 수모를 당하지만 불굴의 의지로 희망의 새로운 터전을 마련한 내용을 담은 역사소설.
★ 책따세 추천도서 ★ 대한출판문화협회 올해의 청소년도서 ★ 아침독서 청소년 추천도서

34. 밤나무정의 기판이 강정님 지음

1950년대를 배경으로 소년 기판이의 각별하고도 애틋한 성장과 모험과 죽음을 다룬 이야기. 작가 특유의 입담과 사투리에 실린 당시의 일상과 풍속이 눈앞에 생생하게 되살아난다.
★ 한국문화예술위원회 우수문학도서 ★ 아침독서 청소년 추천도서

35. 스쿠터 걸 이은 지음

질풍노도의 시기인 청소년기의 한복판에 서 있는 열다섯 살 중학생들을 본격적으로 등장시킴으로써 중학생들의 삶을 밀도 있게 그려 낸 청소년소설집.
★ 한국간행물윤리위원회 우수청소년저작 당선작 ★ 학교도서관저널 추천도서

36. 우리 반 인터넷 소설가 이금이 지음

거짓이 휘두르는 보이지 않는 폭력에 '진실'이 어떻게 왜곡되고 유배되는지를 청소년들의 생생한 세태 묘사와 치밀한 구성을 바탕으로 보여 준다.
★ 네이버 북리펀드 선정도서 ★ 학교도서관저널 추천도서 ★ 국립어린이청소년도서관 추천도서

37. 열네 살, 비밀과 거짓말 김진영 지음
습관적인 도둑질에 빠져들면서 비밀과 거짓말이 늘어나게 된 평범한 열네 살 소녀 하리가 다시 삶의 진실을 찾아가는 성장소설.
★ 한국간행물윤리위원회 청소년 권장도서 ★ 문화체육관광부 우수교양도서

38. 허황옥, 가야를 품다 김정 지음
먼 바다를 건너 가야로 온 인도 아유타국 공주 허황옥의 삶을 조명하면서, 철을 바탕으로 국제 무역의 중심지로 자리했던 가야의 역사를 생생히 전하는 역사소설이다.
★ 학교도서관저널 추천도서 ★ 대한출판문화협회 올해의 청소년도서

39. 외톨이 김인해 외 지음
요즘 청소년들의 왜곡된 삶과 고민을 가감 없이 보여 주며, 그들의 정서적 긴장감과 내면적 따뜻함을 동시에 그리고 있는 세 편의 단편소설이 실려 있다.
★ 제8회 푸른문학상 수상작 ★ 국립어린이청소년도서관 사서 추천도서 ★ 아침독서 청소년 추천도서

40. 그래도 괜찮아 안오일 지음
현실의 부정과 좌절에 길항하는 청소년들의 고민을 진정성 있게 담아낸 청소년시집. 청소년들이 지닌 '생기'를 유감없이 보여 주며 긍정과 희망의 메시지를 전한다.
★ 한국간행물윤리위원회 우수청소년저작 당선작 ★ 한국문화예술위원회 우수문학도서

41. 소희의 방 이금이 지음
이금이 작가의 대표작 『너도 하늘말나리야』의 후속작. 달밭마을을 떠나 재혼한 친엄마와 재회해 새 가족의 일원이 된 열다섯 소희의 욕망과 아픔을 다룬 성장소설이다.
★ 한국문화예술위원회 우수문학도서 ★ 한겨레·예스24 선정 청소년책 30선

42. 조생의 사랑 김현화 지음
조선시대를 배경으로 청년 '조생'이 청나라에 파견되는 연행사로 길을 떠나 사랑과 우정, 정의, 신념 등 삶의 진리를 깨달아가는 과정을 그린 청소년 역사소설.
★ 서울시교육청 남산도서관 사서 추천도서 ★ 〈아침햇살〉 선정 좋은 청소년책

43. 아버지, 나의 아버지 최유정 지음
위탁가정에 맡겨진 열여섯 살 연수가 자신의 친아버지를 찾아 떠나는 여정을 통해 진정한 자아 정체성을 확립해 가는 과정을 밀도 있게 그렸다.
★ 한국문화예술위원회 우수문학도서 ★ 〈아침햇살〉 선정 좋은 청소년책

44. 타임 가디언 백은영 지음
타임 슬립이라는 장치를 통해 개인과 사회에서 일어나는 현실의 문제들을 조명하는 본격 청소년 SF소설. 시공간을 뛰어넘는 구성과 예측할 수 없는 독특한 상상력을 맛볼 수 있다.
★ 〈아침햇살〉 선정 좋은 청소년책

45. 분청, 꿈을 빚다 신현수 지음
고려 최고의 사기장의 아들인 강뫼가 왜구 침입과 왕조의 변혁 등 극한 시대 상황 속에서 분청사기를 만들기까지의 과정을 흡인력 있게 그린 역사소설.
★ 대한출판문화협회 올해의 청소년도서 ★ 아침독서 청소년 추천도서

46. 방울새는 울지 않는다 박윤규 지음

5·18이라는 역사적 사건을 배경으로 그려지는 명창 소녀 '방울'과 고수 '민혁'의 안타까운 사랑 이야기. 슬픈 현대사를 정면으로 바라보고 올바르게 판단할 수 있는 용기를 준다.
★ 학교도서관저널 추천도서 ★ 한국문화예술위원회 우수문학도서

47. 악어에게 물린 날 이장근 지음

현직 중학교 교사인 시인이 청소년과 함께 호흡하면서 체험한 담백하고 직설적인 언어가 공감을 불러온다. 청소년들 질풍노도가 마음껏 활개 칠 수 있도록 기운을 북돋는 청소년시집.
★ 책따세 추천도서 ★ 대한출판문화협회 올해의 청소년도서 ★ 어린이도서연구회 청소년 권장도서

48. 찢어, Jean 문부일 지음

아르바이트, 집단 따돌림 등 청소년들이 공감할 수 있는 일곱 편의 이야기가 담겼다. 현실에 갇혀 사는 청소년들의 일탈을 유쾌하면서도 진정성 있게 담았다.
★ 아침독서 청소년 추천도서 ★ 한국문화예술위원회 우수문학도서

49. 불량한 주스 가게 유하순 외 지음

실수와 시행착오를 반복하다가 돌연 성장의 분기점을 지나는 청소년들의 '오늘'을 포착했다. 좌절과 반성의 언어조차 싱그러운 청소년들을 응원하게 만드는 네 편의 단편소설 모음.
★ 제9회 푸른문학상 수상작 ★ 아침독서 청소년 추천도서 ★ 네이버 북리펀드 선정도서

50. 신기루 이금이 지음

엄마와 엄마 친구들과 함께 몽골 사막 여행을 떠난 열다섯 다인이가 보낸 6일간의 여정을 통해 또 다른 생명의 고리로 순환되는 모녀 관계에 대한 고찰을 여행기 형식으로 그렸다.
★ 네이버 북리펀드 선정도서 ★ 서울시립어린이도서관 추천도서 ★ 아침독서 청소년 추천도서

51. 우리들의 매미 같은 여름 한 결 지음

섭식장애를 앓고 있는 모녀, 성추행, 보이콧 등 청소년들이 겪는 지독하게 뜨겁고 아픈 이야기가 담겨 있다. 청소년들이 자신 그리고 세상과 화해하는 여정을 솔직담백하게 그렸다.
★ 한국문화예술위원회 우수문학도서 ★ 네이버 북리펀드 선정도서

52. 모래시계가 된 위안부 할머니 이규희 지음

일본군 위안부로 끌려가 꽃다운 처녀 시절을 유린당한 황금주 할머니의 실제 이야기를 김은비라는 소녀의 이야기와 엮어 액자 형식으로 쓴 소설로, 일본어로도 번역 출간되었다.
★ 국제펜문학상 수상작 ★ 학교도서관저널 추천도서 ★ 경기도교육청 추천도서

53. 까레이스키, 끝없는 방랑 문영숙 지음

소련의 강제 이주 정책으로 시베리아 횡단 열차를 탔던 17만여 명의 까레이스키들의 고난과 역경, 도전과 설움을 절절하게 그린 역사소설이다.
★ 한국문화예술위원회 우수문학도서 ★ 아침독서 청소년 추천도서 ★ 한우리가 선정한 좋은 책

54. 나는 랄라랜드로 간다 김영리 지음

기면증을 앓는 소년과 그의 가족이 게스트하우스를 사수하기 위해 펼치는 소동을 재기 발랄하게 그렸다. 절망 속에서도 웃으며 싸울 줄 아는 청춘의 싱그러운 맨얼굴이 돋보인다.
★ 제10회 푸른문학상 수상작 ★ 아침독서 청소년 추천도서 ★ 한국문화예술위원회 우수문학도서

55. 열다섯, 비밀의 방 장미 외 지음

영혼의 도플갱어를 찾아 헤매는 외로운 청소년의 자화상이 네 편의 단편소설 속에 어우러져
있다. 청소년들의 내면의 목소리들이 조화롭게 어우러져 다양한 빛깔의 공명음을 들려준다.

★제10회 푸른문학상 수상작   ★경기도학교도서관사서협의회 추천도서

56. 눈썹 천주하 지음

암에 걸려 1년 4개월 동안 치료를 받던 열일곱 살 소녀가 일상으로 돌아온 뒤의 이야기를 담
고 있다. 가족과 친구, 일상이 얼마나 가치 있는 것인지를 새삼 깨우쳐 준다.

★국립어린이청소년도서관 사서 추천도서   ★한국문화예술위원회 우수문학도서   ★아침독서 추천도서

57. 나는 지금 꽃이다 이장근 지음

청소년들의 삶을 제대로 들여다보고 마음을 헤아리는 시 창작 과정을 통해 나온 본격적인 청
소년을 위한 시로, 삶이 점점 피폐해지고 있는 청소년들의 마음을 어루만져 준다.

★문화체육관광부 우수교양도서   ★어린이도서연구회 청소년 권장도서   ★학교도서관저널 추천도서

58. 우리들의 사춘기 김인해 지음

겉으로 잘 드러나지 않는 소년들의 감성을 날카롭게 포착하여 진술하고 강렬하게 그려낸 '소
년들을 위한' 소설집. 표제작을 비롯한 여섯 편의 단편청소년소설을 담고 있다.

★국립어린이청소년도서관 사서 추천도서   ★한국문화예술위원회 우수문학도서

59. 여우 소녀 미랑 김자환 지음

조선시대 임진왜란 발발 즈음의 여수 지방을 배경으로, 구미호에게 아버지를 잃은 묘남과 구
미호의 딸 여우 소녀 미랑의 애틋한 사랑 이야기를 담고 있다.

★새벗문학상 수상작가

60. 얼음이 빛나는 순간 이금이 지음

아이와 어른의 경계에서 몸살을 앓던 두 소년이 5년 뒤 전혀 다른 풍경을 띠게 된 각자의 삶
을 응시한다. 우연으로 시작해 선택으로 이루어지는 인생의 내밀한 진실을 담았다.

★윤석중문학상 수상작가   ★학교도서관저널 추천도서

61. 택배 왔습니다 심은경 지음

질풍노도를 겪는 청소년과 그의 가족, 친구, 사회의 풍경을 그린 여섯 편의 단편청소년소설.
건강하게 자립하고 따뜻하게 소통할 줄 아는 인물들의 모습에서 희망을 엿볼 수 있다.

★한국문화예술위원회 우수문학도서   ★학교도서관저널 추천도서   ★아침독서 청소년 추천도서

62. 똥통에 살으리랏다 최영희 외 지음

팍팍한 사회 현실 속 청소년들의 고민을 각기 다른 개성으로 그린 네 편의 단편청소년소설을
묶었다. 부조리한 사회와 욕망을 관찰하고 풍자하는 이야기가 공감을 불러일으킨다.

★제11회 푸른문학상 수상작   ★아침독서 청소년 추천도서

63. 나에게 속삭여 봐 강숙인 지음

어느 날 갑자기 죽음을 맞이한 열일곱 살 소년 서준과 혼령의 기를 느끼는 소녀 아리 그리고
서준의 쌍둥이 여동생 유주가 각자의 방법으로 성장해 나가는 청소년 판타지소설.

★윤석중문학상 수상작가   ★학교도서관저널 추천도서

64. 아버지의 알통 박형권 지음

촌스러운 아빠와 바닷가 마을에 살게 되면서 정직하게 일하는 사람들을 만나며 한층 성장해 가는 주인공의 이야기가 유쾌한 감동을 선사한다.

★한국안데르센상 수상작가

65. 나는 나다 안오일 지음

청소년들에게 자신의 꿈이 무엇인지 알게 해 주어 스스로 자신의 삶에 당당하게 맞서는 모습을 보고 싶다는 작가의 바람을 담은 청소년시 57편이 실려 있다.

★제8회 푸른문학상 수상작가

66. 순희네 집 유순희 지음

순희네 집에 얽힌 가슴 아프지만 따뜻한 이야기와 성장통을 겪는 순희의 모습을 작가 특유의 섬세한 문장 안에 담아낸 자전적 소설이다.

★제14회 MBC 동화창작대상 수상작 　★제8회 푸른문학상 수상작가

67. 첫 키스는 엘프와 최영희 지음

제11회 푸른문학상 수상작가의 첫 청소년소설집으로, 미래에 대한 압박감에 갇혀 십 대 시절을 보내는 오늘의 청소년들에게 부치는 편지 같은 소설 여섯 편을 묶었다.

★제11회 푸른문학상 수상작가

68. 숨은 길 찾기 이금이 지음

이금이 작가의 대표작 『너도 하늘말나리야』의 두 번째 후속작으로 소희의 욕망과 아픔을 다룬 『소희의 방』에 이어 달밭마을에 남은 미르와 바우의 사랑과 꿈을 섬세하게 그려 낸 성장소설이다.

★소천아동문학상 수상작가

69. 스키니진 길들이기 김정미 외 지음

아직 미완성인 '나'의 정체성을 찾기 위해 고군분투하는 청소년들의 모습을 그린 네 편의 단편청소년소설이 실려 있다. 청소년이라면 누구나 고민해 봤을 만한 이야기가 공감을 불러일으킨다.

★제12회 푸른문학상 수상작 　★한국출판문화산업진흥원 선정 이달의 책

70. 나는 블랙컨슈머였어! 윤영선 외 지음

우리 사회를 바라보는 날카로운 시선과 따뜻한 유머가 다채롭게 어우러진 네 편의 청소년소설을 엮었다. 삭막한 현실 속에서도 당당히 자신의 길을 가는 청소년들의 이야기가 매력적이다.

★제12회 푸른문학상 수상작

＊〈푸른도서관〉 시리즈는 계속 나옵니다!